U0565852

鲁敏
小传

鲁敏,女,20世纪70年代生于江苏东台。18岁开始工作,先后做过邮局营业员、秘书、企划、记者、公务员。26岁开始写作,欲以小说之虚妄抵抗生活之虚妄。现居南京。

鲁敏的写作起始于虚构的东坝小镇,这个一边联结乡村、一边联结城市的所在,为她的创作带来了极大的声誉。多年来,她有《小流放》《九种忧伤》《墙上的父亲》《纸醉》《取景器》《离歌》《惹尘埃》《伴宴》《六人晚餐》《此情无法投递》《我以虚妄为业》等单行本出版面世。

曾获过庄重文文学奖、人民文学奖、中国小说双年奖、《小说选刊》读者最喜爱小说奖、《小说月报》百花奖原创奖、2007年度青年作家奖、郁达夫文学奖。《伴宴》获第五届鲁迅文学奖短篇小说奖。

批评界有评价说:鲁敏对20世纪80年代的乡村场景叙事有独特书写,建构出缓慢持重的岁月人情以及东方式的平民圆通哲学。她关注小人物的起伏命运与苦涩情感,关注他们渺小而顽固的梦想。她抽样攫取生活场景与截面,加以微距般的"微观特写"和戏剧性的"放大变形",挖掘人性的隐痛、暗疾,观照小人物之间的相互取暖。因此被认为是"具有纯正鲜明的艺术信念和训练有素的艺术才能""站在中国小说艺术的前沿"的作家。

有部分作品译为德、法、日、韩、俄、英、意等语。

总主编 何向阳

本册主编 孟繁华

百年中篇小说名家经典

BAINIAN
ZHONGPIAN
XIAOSHUO
MINGJIAJINGDIAN

鲁敏 著

纸醉

ZHI

ZUI

河南文艺出版社
·郑州·

一种文体与
一百年的民族记忆

何向阳 （丛书总主编）

自 20 世纪初，确切地说，自 1918 年 4 月以鲁迅《狂人日记》为标志的第一部白话小说的诞生伊始，新文学迄今已走过了百年的历史。百年的历史相对于古老的中国而言算不上悠久，但 20 世纪初到 21 世纪初这个一百年的文化思想的变化却是翻天覆地的，而记载这翻天覆地之巨变的，文学功莫大焉。作为一个民族的情感、思想、心灵的录记，从小处说起的小说，可能比之任何别的文体，或者其他样式的主观叙述与历史追忆，都更真切真实。将这一百年的经典小说挑选出来,放在一起,或可看到一个民族的心性的发展,而那可能被时间与事件遮盖的深层的民族心灵的密码,在这样一种系统的阅读中,也会清晰地得到揭示。

所需的仍是那份耐心。如鲁迅在近百年前对阿Q的抽丝剥茧,萧红对生死场的深观内视,这样的作家的耐心,成就了我们今天的回顾与判断,使我们——作为这一古老民族的每一个个体,都能找到那个线头,并警觉于我们的某种性格缺陷,同时也不忘我们的辉煌的来路和伟大的祖先。

来路是如此重要,以至小说除了是个人技艺的展示之外,更大一部分是它的社会人众的灵魂的素描,如果没有鲁迅,仍在阿Q精神中生活也不同程度带有阿Q相的我们,可能会失去或推迟认识自己的另一面的机会,当然,如果没有鲁迅之后的一代代作家对人的观察和省思,我们生活其中而不自知的日子也许更少苦恼但终是离麻木更近,是这些作家把先知的写下来给我们看,提示我们这是一种人生,但也还有另一种人生,不一样的,可以去尝试,可以去追寻,这是小说更重要的功能,是文学家个人通过文字传达、建构并最终必然参与到的民族思想再造的部分。

我们从这优秀者中先选取百位。他们的目光是不同的，但都是独特的。一百年，一百位作家，每位作家出版一部代表作品。百人百部百年，是今天的我们对于百年前开始的新文化运动的一份特别的纪念。

而之所以选取中篇小说这样一种文体，也是出于这个原因。

中篇小说，只是一种称谓，其篇幅介于长篇小说和短篇小说之间，长篇的体积更大，短篇好似又不足以支撑，而介于两者之间的中篇小说兼具长篇的社会学容量与短篇的技艺表达，虽然这种文体的命名只是在 20 世纪的七八十年代才明确出现，但三四十年间发展迅速，其中的优秀作品在不同时期或年份涵盖长、短篇而代表了小说甚至文学的高峰，比如路遥的《人生》、张承志的《北方的河》、莫言的《透明的红萝卜》、韩少功的《爸爸爸》、王安忆的《小鲍庄》、铁凝的《永远有多远》等等，不胜枚举。我曾在一篇言及年度小说的序文中讲到一个观点，小说是留给后来者的"考古学"，它面对的不是土层和古物，但发掘的工作更加艰巨，因为它面对的是一个民族的精神最深层的奥秘，作家这个田野考察者，交给我们的他的个人的报告，不啻是一份份关于民族心灵潜行的记录，而有一天，把这些"报告"收集起来的我们会发现，它是一份长长的报告，在报告的封面上应写着"一个民族的精神考古"。

一百年在人类历史上不过白驹过隙，何况是刚刚挣得名分的中篇小说文体——国际通用的是小说只有长、短篇之分，并无中篇的命名，而新文化运动伊始直至 70 年代早期，中篇小说的概念一直未得到强化，需要说明的是，这给我们今天的编选带来了困难，所以在新文学的现代部分以及当代部分的前半段，我们选取了篇幅较短篇稍长又不足长篇的小说，譬如鲁迅的《祝福》《孤独者》，它的篇幅长度虽不及《阿 Q 正传》，但较之鲁迅自己的其他小说已是长的了。其他的现代时期作家的小说选取同理。所以在编选中我也曾想，命名"中篇小说名家经典"是否足以囊括，或者不如叫作"百年百人百部小说"，但如此称谓又是对短篇小说的掩埋和对长篇小说的漠视，还是点出

"中篇"为好。命名之事，本是予实之名，世间之事，也是先有实后有名，文学亦然。较之它所提供的人性含量而言，对之命名得是否妥帖则已显得不那么重要了。

值此新文化运动一百年之际，向这一百年来通过文学的表达探索民族深层精神的中国作家们致敬。因有你们的记述，这一百年留下的痕迹会有所不同。

感谢河南文艺出版社，感动我的还有他们的敬业和坚持。在出版业不免利润驱动的今天，他们的眼光和气魄有所不同。

2017 年 5 月 29 日　郑州

目录

001

思无邪

055

逝者的恩泽

119

纸醉

189

东坝的想象
——鲁敏的中篇小说
孟繁华

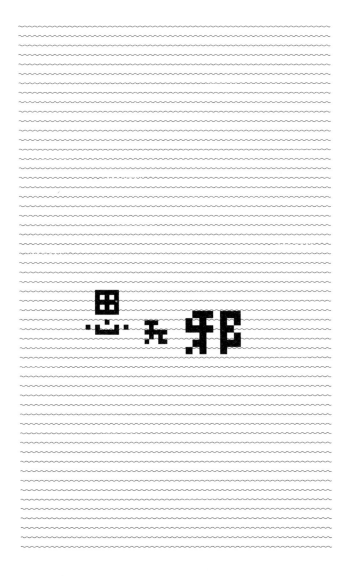

一

1.我们东坝，有一个狭长的水塘，夏天变得大一些，丰满了似的，冬季就瘦一些，略有点荒凉。

它具有水塘的一切基本要素，像一张脸上长着恰当的五官。鱼，田螺，泥鳅，鸭子，芦苇和竹，洗澡的水牛。小孩子扔下去的石子。冬天里的枯树，塘里白白的冰块儿。

2.蕙兰的家就在水塘后面。她通过窗户就可以看见那水塘。这是她一辈子里看得最多的风景，当然，她的一辈子不是很长。

陈蕙兰是她的大名，这名儿是伊老师取的。在东坝，大部分新生儿的名字都是伊老师取的，他是个小学教师。不过，大家不叫她蕙兰，而叫兰小，就像她有个姐姐叫蕙芳，而大家叫她芳小一样，整个村里都这样喊。我们这里，孩子的大名只有在学校，才会被老师在课堂上用不太像样的普通话叫上几遍。

不过，蕙兰不能上学，她从来不曾上过一天学，也从来不曾出过她的家门。 因此，她的大名从未被人真正叫起。直到她的葬礼上，大家才记起：其实，兰小是叫陈蕙兰呢。

当然，那是很久以后的事，我在后面才会跟您说到她的死。 这世界，是让人们生下来活着的不是吗？ 我应当把她活着时的情形跟您先说一说。

蕙兰是个痴子。 注意，不是疯子。 在东坝，有些细节，真的相当讲究了，疯子，那是贬义的，并暗示其人是有暴力倾向和一定程度的危险性的，而痴子，可能正相反。

比如兰小，她就是个典型的痴子。 安静、温和，比通常的女子还要安静、温和。 她的脸非常白，她们一家的女人，皮肤都好，她妈妈白，姐姐芳小也白。 但后两者的白，经不住东坝的风、东坝的那些活计、那些家什儿、那各种各样的烦心事情，慢慢地也就黄了、糙了、有褶子了。 可兰小却不会，她待在屋里，甚至经常待在床上，不管东坝的春夏秋冬，没有明显的喜怒哀乐，她就一直这样白下去了。

并且，还胖。 兰小的胖，跟她的白一样，在东坝也是不大多见的。 除了脑部，她身体的其他部分，无疑都是极为健康的，给她吃，她便全部吃掉，吃个光。 给她穿，她便一件件穿上，热了也不脱。 她可能并不懂得拒绝和选择，不懂得生存中的任何删减之道，她唯一会的便是接受。 而家里人，从发现她是痴子起，就觉得欠了她，有些心疼她，却又不知如何心疼法，于是便一直地给她吃。 吃得多了，兰小便会有些瞌睡，随便坐在哪里，白白的眼皮便耷下去，睡着了，像刚刚生下来的婴儿一样，眼皮上青色的血管微微颤动。

这样，兰小一直长到三十七岁了，还是像个白胖的孩子。没有媒人提亲，没有恋爱，没有婚事。她过得像一张白纸。

而她的父母，已经成为六十多岁的老两口了，手伸出来，像藤条一样。芳小，她的姐姐，生的儿子都到城里打工了。给她取名儿的伊老师，退休了。还有别的很多人，在兰小长大的这三十多年里，长大了，生孩子了，变老了，抑或就死去了。

不仅人们来来去去的，我们的东坝，也变了很多。我们的土路给铺上了石子，木桥成了水泥桥。村里弄起了个小厂，一开始是地毯厂，现在是绣花厂，招了不少提前辍学的姑娘。现在，东坝下地做活的大多是中年以上的人，那些年轻些的，到外地念书、做运输生意、修摩托车、跟着建筑队出门找活，总之，很少下地了。

而地里，正经的作物也少了很多，代之以无边无际的大棚，白茫茫的，这家的结束了，那家的又起了，远远地看过去，像跑动的小野兽。大棚里面的温度很高，我们猫着腰进去，一进去就把衣服脱得半光，男女不避。因为高度有限，我们得跪着，或者爬来爬去。我们在冬天做春天的活计，在春天里收夏天的菜蔬，四季完全混乱了。大棚里味道很重，尿素、发酵的泥土、挣扎着的种子、汗。这些味道混在一起，在高温里搅拌着。每个人从里面出来，都像刚刚从地牢里出来一般，浑身湿淋淋，鼻子眼睛被熏得皱成一团。 也许，这是我们颠倒四时的一点代价。

还有呢，我们的日子也变了，几乎所有的人家都有了自来水、电灯、电视，一部分人家添了电话与电扇，个别的，还买了空调。 这些时新的东西，也不大会用，或者，用了，并不觉得特别好。 可是，我们仍是一样样地买了，没买的也正在准备买——这是生活中重要的决定和过程，不错的，有些热气腾腾的新鲜劲儿。

这些，兰小从来不会知道，她就一直那样，待在她的屋子里。 她的房间里，也没有太多的变化。

她似乎一直停在二三十年前。 每天坐在那里，穿着从前的旧衣裳，看门前的水塘，那个水塘——竹子绿了。 芦苇白了。 水牛吭哧吭哧地洗澡。 鸭子在叫。 两个小孩子在比赛打水漂。

3.有一天夜里，兰小可能是不舒服了，她爬起来，很重的身子竟滚到了床下，也许她叫唤过什么，但没有人听见。直到第二天早晨，在冰凉的地上躺过大半夜。 她是中风了，半边身子都没了知觉。

她的父母哭起来，又惊又吓，试图把她弄到床上，这才发现兰小的身子重得惊人，拖起左边，右边又滑下去了，拖起上面，下面又滑下去了。 她的膀子与腰是那样的粗，她的乳房是那样的大，她的屁股是那样的肥。 这些年，她的确是养得太胖了些。好像从前都没有注意到，而这回一滚到地上，更加胀开来了。

东坝的赤脚医生来了，加上姐姐芳小，大家一起，才把兰小搬回到床上。医生量量兰小的血压。怪不得呢，他叫起来。怪不得呢，看看她这血压，还这么胖，中风是迟早的，半身不遂是迟早的！

这样，兰小不仅是个痴子，在她三十七岁上，又成了个瘫子。

她吃饭时会把汤流到嘴角，一直到脖子里。她的大便小便完全失去了从前的节制和规律。她会像打哈欠似的，突然就失禁了，把裤子和床弄得一团糟。

或许，这对她而言，并算不上是太大的变故，她仍是那样心平气和的，安静，白而胖，甚至更加白而胖。但对家里来说，照料她的生活，就成了很大的问题了——父母要侍弄地里庄稼，不然，一家三口吃什么呢？并且，他们两个也挪不动兰小的身子……

两个老人，在夜里愁得坐起来，也不点灯，只坐在床上，不知怎么才好。这个姑娘，是他们一辈子的忧愁。生下她，就从来没有真正轻松过。

二

1.这样，我就要跟您说到来宝了。

来宝是个哑巴。 跟所有的村庄一样，我们东坝里总有各种不同的人，有村长和会计，有赤脚医生，有裁缝，有聋哑痴癫，有不是很漂亮的寡妇，有生儿子吃鱼肉的还俗和尚，有无儿无女的五保户。 这样，村庄才像个村庄了。 就像你们城里，有官员，有记者，有教授，有艺术家，有公务员什么的。 乡下和城里，都是这样，人们总是像细菌一样，相互簇拥着依靠着，少了谁，结构就不完整了，不稳定了。

还是说来宝。 其实他本来不是我们东坝的，因为父母去世得早，家中只一个姐姐，嫁了人，他便投靠到村长家里。村长，是来宝的远房叔叔。

我们的村长叫万年青，很有意思的名字，他的日子比名字还有意思。 不知怎的，家里就比较富有，两个儿子都在城里上班。 他家的房子很多，高而亮堂。 而且村长老婆还在大路边开了家日杂店铺，既做过路人的生意，又做东坝人的生意。 这样，他们家就越发过得舒畅了。

日子一舒畅，人就不大能够吃苦了，地里、家里的活可怎么办呢？

可是，就该着那么巧，那么好——来宝投奔来了。

来宝到东坝时才十三岁，身子有些瘦，想来以前过得并不好。 到了村长万年青家里，不过大半年，人就长开了，宽肩粗膀，从后面看，根本就不像个孩子了。

这长开了的孩子，十分明白自己的处境与角色，虽不能说话，可眼里有活，手里出活，里里外外的，把村长家所有的活计包圆儿了。 地里的四时庄稼自不用说，就连拿筷子、添饭、倒洗脚水这样的小事情，他也会手脚麻利地办得极为妥当，真像是对待亲生父母或救命恩人似的——那般低眉顺眼，那般恭敬自然，似乎完全发乎内心，不仅村长夫妇受用得舒服，我们有时去看了，也觉得是一种图画般的，让人喜欢和安逸。

所以，我们有时会觉得，这个来宝，简直就像过去的长工呢，好像命里注定就是要这样替人做活的。 当然，村长和村长老婆都是很和善的人，他们待来宝着实不错，下秧或收割的季节，会多多地买肉买鱼，让来宝吃得长力气。 逢年过节的也会给来宝红包，给他买衣服和鞋。 在他的房间里，专门给他买了台小电视，甚至还有一台小电风扇——来宝过得真是不坏了。

这一年春节，村长万年青的儿子儿媳们从城里回老家来过年，忽然注意到来宝——来宝把他们是当小主人服侍的，好几年没回来了，不知道怎样才好，恨不得他们解了大便，他都要替他们擦屁股似的。

这哪里行！ 太不像话了！ 村长的儿子媳妇，都是在外面念书的，最讲究人权、平等、自由。 看到来宝这样，眼睛像进了石头大的沙子，于是，他们像车轮一样，一个个地轮流跟父亲谈话，要他把来宝"送回人家自己的家"，让他"骨肉团圆"，让他"当家做主、自力更生"，让他开始"新的生活"。

万年青吸起烟，腮帮子凹进去，显得分外老态。人一老，就弱了，有些怕儿子了，儿子的话，虽不大爱听，但又必须听了。

只是，来宝若是回去，到姐姐所嫁的那个婆家，难免会受气，如要单门独户，还不是要自己讨生活？可他还是个孩子呢，怎么能放心？万年青低下头，想着来宝的命，怎么这样凉冰冰的呢！

来宝之所以哑，是因为聋。他听不到他们在说什么。但是，但凡身体有些缺陷的人，比如，盲人，聋哑人，总是有他们获得信息的灵异之处。

见两个儿子跟万年青关了门长谈，他不知怎的就明白了，冲进去，喉咙管里呜啊呜啊的，谁都听不懂，但谁都听明白了：他不想回去！

万年青一见，泪都差点流出来。这孩子，也舍不得离开东坝！

儿子媳妇们替来宝的愚昧感到莫大的悲哀，连声感叹不已，并且深发开来，热烈地讨论起当今乡村的教育问题、医疗问题、社会保障体制等。几乎一直谈了大半个下午。直到吃晚饭，看到来宝仍在低眉顺眼地端茶送水，像个旧时的仆人般，他们又记起初衷，最后通牒一般地叮嘱父亲：总之，不能再让他留在家中侍候你们，这是什么时代了！你是村长，身份不同，要传出去，传到上面，万一弄到媒体上，人家要做文章的……给他到别家找个事情做也好的，不要放在我们家……

2.而就在这个春节前，兰小中风了。 他们家急需要一个人帮忙了。

3.村长万年青最先想到了这个事情：让来宝去照料兰小。 这好比是一块馒头搭一块糕，不是刚刚好嘛——

他去跟兰小的父母说。 做父母的搓起手来，想了半天，不知说什么，又搓了会儿手，兰小的父亲才咳嗽了一声说：那是再好不过……但来宝哪里会肯呢？ 我们家的条件，跟村长您比，要差得很多，您都给他买了电视和风扇……照料兰小，又是个吃力不讨好的活计。

万年青笑起来：哪里会不肯了？ 他是个孤儿，没有田地，没有手艺，不会说话，能有个落脚处便是好的……再说，他十二岁到我家，现在长到十七岁，五年下来，最听我的话了……你们给他收拾个住处，跟家里人一样地吃喝，有余钱嘛就多少补贴他一些，便是最好了……我那里的小电视和电扇，他用惯了的，我会给他带到你们家的……说到此处，万年青忽地感到心一疼，这才意识到，他有些舍不得来宝了。

兰小的母亲想到了什么，在嘴里滚了半天，还是说出了：只是，来宝还是男孩子，照料兰小……旁人会不会说什么……

嫂子，你不想想，兰小那个身量，哪里有女人能搬得动哩……至于说闲话，我们东坝的这些人，我是最知道的，别看嘴巴碎一点，却是没有坏心的，兰小这个样子，来宝这种身世，又是个孩子，谁还会说什么？再说，万事万物，习惯了，也便好了……如果有思想工作，我来做，这方面我顶拿手的。

事情就这么定下来了。不用再跟兰小或来宝商量，那两个人，一个痴子，一个聋哑孩子，又有什么好商量的。

村长把来宝领到兰小房里，比画了一下。来宝眨眨眼睛，好像是有些迷惑——在东坝待了五年，他是知道兰小的，只是没想到、万没想到，这个床上的痴子会成为自己的新生活。

白胖的兰小卧在床上，也看着来宝，像看到一个新的家什。

来宝看看万年青，嗓子里响了一两声，也不知是什么意思。正好看到兰小床前的便盆里有些秽物，低下头便端了出去。

兰小的父母在一边看了，知道来宝这就是开始工作了，便商量着要给来宝一个住处。

他们家房子，仍是老式的平房，前后进的。前面的，因为临了水塘，给了兰小，后面，是老两口的住处，另有一间放农物器具——这一间，倒是可以收拾一下给来宝住。但因是放杂物的，当初盖得十分简陋，连地面都没铺砖头，更不要说电灯、电插座了。再说，来宝的耳朵是没有用的，中间若隔着个院子，照料起兰小来肯定就不方便了。不过，若在前屋，他睡哪里合适？

村长前后转转，用手一指：在兰小房间外面新盖一间嘛！中间开个门洞，像城里的套房一样！最好不过了，你们家的房间本来也就太少了些。

这个主意不错，又方便，又排场，一点不亏待来宝。

于是叮叮当当地砌砖抹墙，村长又搬来他答应过的电视和风扇。村长老婆不知从哪里找来些旧挂历，在来宝的墙上贴了一长排。芳小也欢欢喜喜地赶回娘家，她农闲时会帮着绣花厂加工些零碎活，家里有很多边角料，她过来东量西量，转天就给来宝房里挂上了雪白的绣花窗帘，电视机、电风扇也加上了蓝色的绣花套子，虽说有东拼西凑的痕迹，可猛一瞧，别提多雅致了。

来宝大张着嘴笑起来，又对芳小指指兰小的窗户：倒也是，以前谁都没有注意到，兰小的窗户上竟是秃秃的没有帘子呢。芳小答应着马上就给兰小挂一幅更好看的。

房子盖好后，大家都过去看了，有的送来张旧桌子，有的拿来张茶几子，有的给来宝一个新脸盆。来宝这可怜的孩子，倒像是有了个自己的家似的。

大家都替来宝高兴，更替兰小高兴。可不是，这事情的安排仿佛是天上掉下来的毛毛雨似的，怪滋润的呢。

人们走后，兰小的父母亲又搓起了手，搓了一会儿，不知为什么，他们对看了一眼，眼圈红了，要哭的样子。

三

1.蚕豆花儿开了。 槐角花儿开了。 葡萄藤开始返绿了。 那些小野兽一样的薄膜大棚，被人们掀开了一个角，里面的热气和外面的热气和在一块儿，到处都热烘烘的。 这个春天，好像来得特别快。

伊老师家没有大棚，他的田也很少，只种了一些四时的蔬菜供饭桌上用。 毕竟，他是有退休工资的，不算多，但在东坝，钱能当钱用，他可以过得蛮适意的。

退休后，他有了两个爱好。 一是记账。 每日里一丁点儿大的出和入，他都要记得清清楚楚。

买水杉树苗十五块。 买酒十四块八。 卖长毛兔的兔毛三十块。 卖空酒瓶两块四。

他在账上记得一清二楚，并从这种严谨中获得一种踏实的乐趣。 每天记完之后，他在下面画一道红线，结一下余款，跟皮夹子里对一对。 平了。 他大声地满意地说，然后对着酒瓶喝上一口"陈皮酒"。 陈皮酒是东坝特有的一种甜酒，用糯米做的，晚上喝上一口，会睡得特别好。

第二个爱好是新闻。 他有电视，另外又订了几份报纸，每天要看《新闻联播》——哪个国家发射卫星了，总行程几天几时；哪个城市修地铁了，地铁有几个站点；哪里开世博会了，吉祥物是什么；汽油涨价了，涨幅是多少——他都会十分关注，并记得很清楚。

关注这些遥远的、跟自己的生活毫不搭界的事情，有种巨大的乐趣。东坝没有别的人像他这样，因此，这几乎成了伊老师隐秘的乐趣。为这个，他时常会感到一种幸福，对电视和报纸充满由衷的感激。

有时候，他也会注意到一些社会新闻，令他感到吃惊的是，在那上面，他看到很多相当不好的事情，叔嫂乱伦啊，学生开钟点房啊，朋友换妻啊，轮奸女疯子啊，简直肮脏极了。伊老师一篇篇看得仔细，看完了会悄悄地叹气，唉，为什么报纸要登这些东西呢，难道人们整天都在想那种事情吗？

有时他竟会因此心事重重起来，并想到鲁迅的一句诗"心事浩茫连广宇，于无声处听惊雷"，他觉得这句诗很像他的心情。他脑子里咀嚼着这句诗，开始出门散步了。

——晚饭后，伊老师喜欢出去散一圈步，沿着水塘转一圈，再到大公路上走一圈。散步，是很城市化的习惯，巧了，伊老师就是这么喜欢。他很严肃地保持着这个习惯。

这天，他走到水塘边，像平常一样站定了往村子里看。

村子里的灯火是稀稀的，带些黄，因为人们不愿意用太亮的灯泡。人们待在黄黄的灯影里，坐在各自的角落里专心致志，剥花生壳，筛黄豆，或者为明天的山芋稀饭削山芋皮。这些活，适合晚上做，白天做太浪费时辰，白天应当去侍弄田地。

看到中途，伊老师就注意到东坝的灯光，其分布与平日有些不同了。就像用珠子穿起来的项链一样，在某处少了一颗珍珠，而在另一个拐角里，又多出一颗小珍珠来。

伊老师想了想——他关注外面的大事，但也不忽略东坝的小事——对了，少的是村长万年青的那里，多的是兰小的隔壁。来宝搬到兰小家里了。他的灯改地方亮了。

找到原因，伊老师舒了一口气，就像查到一处记反了的账似的。可是……可是，与此同时，他又觉得哪里不大踏实，叫人有些不舒服的样子。

他站定了，仔仔细细地重新打量起来宝的窗户来。他注意到上面的绣花窗帘，透过灯光看过去，特别富有某种情调，这是只有伊老师才能感知的情调。但偏偏就是这情调，让伊老师很担忧——来宝，十七岁的来宝，睡在这样的绣花窗帘下，会做起什么样的梦呢？而梦的隔壁，正躺着那白胖安静的兰小。

不，不是兰小，而是陈蕙兰。伊老师在心里小声地更正了一下，作为赋予她名字的人，他应当喊她陈蕙兰。不过，真奇怪吧，一旦把兰小叫成陈蕙兰，她似乎便不是个白胖的痴子，不是个失禁的瘫子，而是个姑娘，一个皮肤很好的姑娘，并且，没有三十七岁那样大的年纪。

这样一想，伊老师就更加不安了。他看看那两扇靠在一起的窗户，以及上面的窗帘，他想起了他所看过的报上的社会新闻。 表情真的十分忧戚了，却又无从说起。 并且，他还感到有些生气：自己这是怎么了，全村人都没有把这看成一件事，他怎么就会看成一件事呢！ 这不是他自己的思想脏，还是别的什么呢？

唉，真的是"心事浩茫连广宇，于无声处听惊雷"了。伊老师闷闷不乐地往回走，回家后，他想再喝两口陈皮酒。

2.来宝不会知道有人在观望他的窗户，并把它比作一颗移了位的珍珠。 他在全神贯注地留意兰小。 他在全心全意地重新适应这个新的角色。

像东坝的大多数人一样，他对生活中的这种变化，并没有特别的喜或忧。

他失去父母。 他又聋又哑。 他无地无屋，他一辈子在别人的屋檐下吃饭，侍奉别人。 侍奉村长万年青。 侍奉痴子兰小。 这就跟天上下雨、小河淌水一样的，是被安排好的，没什么可说的。 受着就是，顺着就是。 他就是这个命。

而且，他这样，并算不得怎样的不堪，比这更糟的事情多得很。 村里的王麻子，喝醉酒走夜路，掉到桥下边，因是冬天，竟一下子淹死了。 伊老师的一个学生，过年放炮仗，炸坏一只眼。 万年青家隔壁的男人，盖房子时不小心掉到石灰塘里，浑身烧成鳄鱼皮一样，下面都坏了，不能再跟女人做那事。 这样不幸的事情，一串一串，让人都想不起要感伤或抱怨了，甚至，人们会相互提醒着，回忆起出事前某些不祥的征兆和细节，他们说得津津有味，笃诚而恐惧，那是老天在托话下来呢，怎么可能躲得过去！

来宝耳朵不好，但鼻子特别好。他躺在兰小的隔壁，只要嗅嗅鼻子，就知道兰小需要什么了。

比如，大便之前，兰小会放屁，连续地放上好几个，屁闷在被子里，但通过某个秘密的通道，来宝闻到了。他连忙冲到兰小床前，隔着被子帮她拉下裤子，再塞进去痰盂，那种扁扁的，专门用在床上的。这是兰小中风之后，伊老师特别想到的，他在电视里看到过这种东西，便托他从前的一个学生买了寄回东坝。

或者，兰小舔舔嘴唇，牙齿缝里发出干麦子的味道——这是要喝水了。

她打起哈欠，舌头上像刮起一阵带着烟雾的晚风——她困了，来宝就替她脱去外套，洗洗脸擦擦嘴，放下后面的枕头，她就滑下去睡了。

她猛地耸起肩，鼻子缩进去，喉咙深处泛起鱼腥的怪味——来宝替她拿近床头的高脚痰盂，一口痰就刚刚好啐进去了。

一切只需依靠鼻子，便刚刚好了。

说起来，兰小床前的这个高脚痰盂，也真是有些脏了，用了不知多少年，已经看不出原来的颜色，她的漱口水、呕吐物、鼻涕、手纸，都百川归海似的集中在痰盂里。来宝指着痰盂，又指指鼻子，缓慢地对兰小翻动着双手，做出头昏和难受的样子。兰小睁着眼睛看着，不笑也不恼，看了几眼，她困了，又睡去了。

趁着她睡着了，来宝对着这痰盂使起了力气，动用了许多的盐水、醋、肥皂水，像做菜似的，他尝试了所有可能的方法，最终，痰盂洗得掉了两层颜色，完全成了奶黄色，闻上去，也像奶油似的，稍稍有点油腻，却不让人紧张和头昏了。

来宝高高兴兴地把擦干了的高脚痰盂举在手上，坐到兰小床前，等她醒来。

兰小醒来后，第一件事总是要小便，这是来宝慢慢观察出来的规律，她一醒，他便把痰盂塞进去。躺着小便似乎并不那么容易，兰小的身体总会紧绷起来，脸憋得红红的。来宝后来无师自通地想了个办法，他在床边放上一盆水，再放一个空盆子，他把水从一个盆里慢慢倒到另一个盆里，水流动着，发出来宝不能听到的水流声——而兰小，听着这水声，会突然地松一口气，她的小便出来了。

兰小醒来了，她睁开眼，看到来宝手中旧貌换新颜的高脚痰盂了。来宝注意地盯着她，留意她的眼神。兰小却完全无动于衷，她把眼神缓缓地转动过去，从高脚痰盂转到来宝的脸，又从来宝的脸转到屋顶，像光线慢慢地移动，接着，她照旧绷紧了身子，脸色红起来，要小便了。

来宝倒笑起来：真是完完全全的痴子呀，变化这么大的一个高脚痰盂，她竟跟没看到似的。

痰盂之后，来宝又动起了兰小牙齿的主意。 东坝人不爱刷牙，他们觉得，刷牙会刷坏了牙龈，也很浪费钱。 而且，刷牙这动作，看上去真的很难看——用牙刷捅来捅去，突然地，就源源不断地口吐白沫了，实在很难看。

那么，兰小，更不用说了，她的牙齿，从小就没刷过，黄得像长了一层厚厚的盖子，她一张开嘴，牙齿就跟快要发芽的黄豆似的，膨胀着发酵着。

来宝从前也是不刷牙的，因为村长也不刷牙，在村长家待了五年，他的生活习惯都是随村长的。 只是这回春节，他注意到村长的儿子和媳妇们，那穿的，那戴的，那用的，十分不同凡响。 但看过了也就看过了，并没什么。 只是，他们几个牙齿的白，那种白，就太刺眼了，来宝看了，竟有些气愤和伤心。 后来，因为忙着搬到兰小这里，把那气愤和伤心一时搁下了。

但现在，日子慢慢过得平静了，他又想起他们几个人嘴里的白，他想让那种白也出现在自己的生活里。

来宝是有钱的，村长给他的红包，他用得很仔细，每花一笔钱，都要经过长时间的思考，体现出一个哑巴孤儿全部的小心与智慧。 现在，他决定买一管牙膏、一支牙刷。对，一支就够了，他跟兰小合用。

他一边在兰小面前示范了一下，慢慢地分解自己的每一个动作，一边克制着翻滚上来的恶心感，即便这样，他还是咽下了好几口泡沫水儿。　然后，就该轮到了兰小了。　来宝折腾得满头大汗，床头床尾忙来忙去。　这不仅是件力气活，也有技术性。　不过，终于，他还是给兰小刷上了，也漱干净了。

他对着兰小张开嘴巴，呼出清新的白气，又掰开兰小的嘴，用力吸吸她的味道——后者平静地看着他突然贴近过来的鼻子。

接着是忙头发。

他把她的身体横到床上，把头放在床边的一侧，用腿托住，替她洗头。　洗下来的水像是头发掉色似的，从黑到灰到黄，最后，才慢慢地变清了。

兰小的头上有虱子，还有白色的虱卵。　来宝知道该怎么治，是从姐姐那里看来的。　他向人讨了点敌敌畏来，抹到头上，再用塑料袋严严地蒙起。　夜里，虱子被农药熏得团团转，兰小的头想来是特别痒了，在床上扭来扭去，来宝就在一边坐着，隔着塑料袋均匀地替她抓挠拍打，嘴中含混不清地安慰着……

这场景，若是有人看到，也许会觉得是温暖的，是喜剧的；可是，细想想，又有些心酸和凄凉似的，是悲剧的。

第二天，解开了塑料袋重新洗头，水上果真漂起一层黑黑白白的虱子尸体。　兰小的头不会再痒了。

这样，来宝才开始替兰小梳头，他找到一把掉了两个齿的木梳子，还有一些头绳。　这头绳好多年没用了，颜色很旧，倒衬得兰小的头发更加黑亮，肤色更加油白。

　　但来宝还是想着，什么时候记得了，替她买把新梳子，买两根新头绳。

　　还有电视。他把电视从自己的房里搬到兰小屋里，晚上，他就跟她一起坐着看。来宝看电视一向不开声音，他主要也就是看个人影走动。但为了兰小，他把音量的钮往右边尽量地转——他没有数，声音太响了，兰小的父母只得披了衣服从后院过来，替他往左边再扭回去。

　　不知兰小从前是否看过电视，总之她并没有表现出特别的惊奇，她眼神淡淡地瞅着，但如果来宝挡住了，她也会小声地哼哼表示不满，说些什么呢，来宝听不见，但他很高兴——兰小喜欢看电视嘛！谁说她就完全是个痴子呢！

　　看着看着，兰小慢慢从靠背上滑下去，打起瞌睡来，亮闪闪的口水缓慢地滴下来，挂长了，映射着电视屏幕的蓝光。

　　现在，是仲春了，白天太阳很好的时候，来宝会把兰小弄到堂屋中间，给她晒太阳。

　　为了把兰小弄下床，弄出房，从梳洗开始，到穿衣服，半边身子半边身子地穿，搬动，安置妥当，他要花费一个多小时。但是，不过晒上半个小时，兰小就又要睡了。他得再花费一个多小时把她弄上床。这真是太不合算了。

　　但在那晒太阳的半个钟点里头，来宝是最高兴的。他主要的事情是陪着兰小看水塘。

春天的水塘，是最好看的了，那种绿，淡淡的、怯怯的、毛茸茸的。有时会有小鸟突然地一飞，吓人一跳。

有时，趁着兰小在呆看水塘，他就在旁边，把一面小圆镜子举起来，反射着太阳，照到兰小的膝盖上、手上、头发上、脸颊上，兰小的皮肤像成了透明的似的。

他还把镜子拿到兰小跟前，让她照镜子。兰小看看镜子，看到里面扎着头绳、牙齿白白、眼睛黑黑的一个人像，害怕得叫起来。来宝听不到她的叫声，却从她张开的嘴型感到奇异的快乐。

来宝满意极了。这样的日子过得多好，就像那窗户上的绣花帘子，那么白。

3.快要端午了。端午是个大节，因为要采粽叶，要晒粳米，要选红豆，要泡咸肉，要腌鸭蛋，要买白糖，要扯红棉线。最后，要吃粽子。春天长长的日头里，吃几个粽子，在胃里结结实实的，半天都不会饿。

端午前后一般还会下雨，下不了地，人们便会选了下雨的日子在家里心安理得地慢慢包粽子。粽叶预先在锅里煮过，已是半熟了，淡淡地香起来，粳米虽是生的，可是因为浸过水，也淡淡地香起来。

兰小的父母坐在堂屋里，一边包粽子一边说话。他们满心想着要把这个节过得隆重一点。这是来宝在这里过的第一个节。

一想到来宝，他们真是能把前半辈子的笑都给补上了。这孩子，好像是特地生下来陪兰小的呢，当初，他之所以会到东坝，根本不是投奔村长万年青，而是在那里等兰小这里瘫下来请他帮忙呢。当然，这话，两个人只是悄悄地说说，在包粽子时悄声说说，不能往外说，怕人骂，也怕对不起来宝死去的父母。

现在，想到兰小，他们不再像从前那样内疚和发愁了。这个姑娘，这么三十几年来，第一次没有那么重、那么像一块石头，坠在他们心里。

现在，他们唯一发愁的是，要怎样回报小来宝。用什么呢，难道是几个肉粽子，或者放了很多糖的豆沙粽子？当然不可能。要是他们还有个三女儿，贤惠能干的，他们真愿意把那女儿就说合给来宝了，可是，没有。两个老人想了想，或许只有通过多给些工钱，让来宝高兴。

钱，他们一向倒不是特别看重，但没有别的办法，想不到更好的办法。钱就是一个办法。

为了钱，两个老人重新动起了脑筋。我们东坝人，真是很好玩的，平常没什么事逼着，就一天天按部就班地过着，种地，吃饭，睡觉，绝对不想要赚钱要发财。但真要有了什么事，他们就会动动脑筋，然后，果真就有办法了——

兰小的母亲，虽然是老了，眼力却还可以，看到芳小替绣花厂加工，就央着女儿多要些料来——所谓加工，就是把电脑绣花成品里的实心花眼儿用小剪刀给挑空了，形成镂空的效果。 这样，兰小妈妈算是找到活了。

她坐在光线明亮的院子里，埋着头，用一把小剪刀，咔嚓咔嚓地忙碌着。 半天做下来，可以赚到一块五，甚至两块，真是不错了：不费力气，不费电，不费剪刀，还能照应着锅里烧水，照应着猪吃食，照应着鸡下蛋。 什么都不耽误，真不错了。

兰小的父亲呢，那更厉害了。 这老人身量很高，年轻时在村里是很活跃的角色，会个吹吹打打的，现在虽是有了年纪，但起码的乐感还是在的。 巧的是，东坝村里有个红白事礼仪乐队，原先里面一个敲钵的不知为何走了，这不是正好缺一个嘛。 兰小的父亲听到这信儿，晚上，就高一脚低一脚地找到那乐队的领头家里。

那领头的是个年轻人，却弄得胡子拉碴的，天都开始转热了，还裹着件军大衣，有些四海为家的样子。 兰小父亲抓住这两个特点，暗中给他送了一个诨名"胡子大衣"。

"胡子大衣"找来两只钵，让兰小的父亲敲了几下，又和了几下。"中，挺好，有那么点意思。""胡子大衣"含混地夸了夸。 就这么，兰小的父亲找到个新营生。 工钱，可要比兰小的母亲高多了。

东坝的红白喜事，特别是白事，最隆重不过，最繁华不过。 我们这地方，一向轻生重死，那些老人，得了绝症，很少到医院去看，或许是舍不得钱，或许是对医术不信任，总之，觉得活到这个地步，差不多七十八十了，也该着要走了，没必要再多做牵强的努力，增加无谓的支出。 他们的寿材已经油漆过很多遍，亮亮的。 他们的寿衣也是早就做好了的，布里缎面，总共六层领子。 多好呀，那些寿衣，都是他们以前身体好的时候，亲手挑出来的花色和面料。

生前不舍得花的那些钱，省下来，留下来，在死后却花得非常爽快，这是风俗，是人情，是世故，一分钱都不能少。 花圈，要最大的；孝布，要最白最长；饭菜，要最讲究最高级；礼仪班子，要方圆最好的。

而"胡子大衣"的这个班子，便是方圆最好的了，班子里的成员，不分男女，一律裹着军大衣，敞开着怀，有些江湖艺人的派头。 他们有着严格的形式和流程，"胡子大衣"是主持，发号施令，何时磕头，何时念悼词，何时鞠躬，何时绕场。 而漫长的绕场，便是最为庄严的告别仪式，也就是兰小父亲以及其他几个乐手要忙碌的时候了，长号、圆号、鼓、锣、钵，敲敲打打地起来了，曲调烂熟，响亮而尖锐，宣告对故者的祝福与送行。

这样一场下来，忙个小半天，兰小的父亲可以分到二十块吹打费。 有些人家讲究的，还另外包上五块钱的小红包。总之，这钱来得是很快了。

兰小的父亲把钱交给母亲，他们把钱聚拢在一处，约莫着分成好几份，到了农历节气上，就把其中一份，包成一个端正饱满的红包，郑重地递给来宝。

来宝并不推辞，他也郑重地收下，小心地藏到别人不知道的地方。

　　来宝从十二岁到东坝起，就开始有小红包了，也许每次都不算多，但这样五年下来，也应当是不少了吧。有人也会跟来宝开玩笑，快速地捻起拇指、食指、中指，表示钱的意思，来宝却装着看不懂，笑笑就走开了。

　　除了给来宝的钱，兰小父母手中还会有些余钱。要在从前，他们一定是舍不得花的，总担心将来会有什么可怕的难处。但现在，因为兰小的事有了这样不错的安排，加之也是为了让来宝高兴，过得舒坦，他们也敢于大着胆子花些钱了。从前吃韭菜，一定是清炒，现在，会加上千张或鸡蛋。有时，他们还做茄夹子，做藕圆子，做肉菜饺子。

　　因为这些小小的吃食，日子突然就香喷喷起来，每天都过得有盼头了似的。

四

　　1.日子慢慢地过着，又是飞快地过着。这样又快又慢地，夏天到了。

　　我们这个地方，夏天的热，是干热。屋背后、树荫里，也有些风，却是热风，大路小路上的土都一寸寸飞起来。而我们这边的房子，窗户总是小小的，点缀般的——自古以来，盖屋，第一要义是御寒与防兽，通风与采光是被忽略和轻视的。这样，家家户户的屋里面，灶台下，床上头，那简直就与蒸笼无异了。

夏天，光是热倒也罢了，关键还有苍蝇和蚊子。

我们这里，每户的茅房下面，都有一个巨大的圆形粪坑，深约二米，男人女人，以及猪兔牛羊的排泄物都是集中到这里存放的——粪坑到了冬天，会结冰，就不大臭了。但在夏天，那臭是加倍的，里面的蛆虫翻滚着甘之如饴，眼见着就肥大了透明了，而它们的母亲，那些小小的黑头苍蝇更是满天满地地飞舞起来了。每一样吃食，它总要最先尝过，搓着两只前脚，尝一尝，再搓搓。除了吃食，它们还喜欢一切有气味的东西，锅铲，出过汗的衣服，小孩身上的脓包，女人许久没有洗过的头等。

从厨房端到兰小屋里的饭菜，便是这样，都被家蝇们搓着脚尝过了。来宝急急忙忙地赶，手舞足蹈地赶，却总是拼不过它们，只得算了——它们，也就只是叮叮而已，饭菜上少不了什么，也多不了什么，日子并不受到影响。

但蚊子呢，就有些麻烦了。我们这里的蚊子有些像当地人，体量很小，貌不惊人，在眼前飞过，倏地，几乎没有声音，轻轻地落到皮肉上，只稍稍一点疼痛，正伸手过去要拍，它却遁于无形了，留下的，是一个正在形成的"包"，并立刻开始痒。搔下去，皮便破了，流水了，成了难看的疤，并且，仍旧是痒。于是继续搔，谈天的时候搔，吃饭的时候搔，做活的时候搔，那疤，便越发地大了、难看了——因此上，一到夏天，我们露在外面的脖子胳膊腿，很少是有光洁的，总是东一块西一块地布满疙瘩。 不过，没有人因此气恼：没蚊子没疙瘩那还叫过夏天吗？

兰小家门前的这水塘，它给了兰小一些说不上是风景的风景，但也附赠了比平常人家更多的蚊子。 而兰小的皮肉，比起一般的东坝人来说，那种嫩与肥，那里面的血气和鲜美，恐怕真是赛过唐僧肉了。

所以，你想想，兰小的夏天哪里是她的，简直就是蚊子的。

要在从前，她没有中风，倒还有些自我保护的条件反射，晓得伸出手挥舞着驱赶。 可现在，她只会躺在那里，完全是盘中餐的样子，白白的脸上、胳膊上，蚊子们在绣花似的，有条不紊地交错着，四处勾勒出红而艳的梅花朵子，而她，也就跟梅花树枝似的，并无特别的反应。

来宝替她洗澡擦身，发现了那些梅花，气得喉咙管里咕咕地响起来——这一个春天，他把兰小侍弄得多清爽多舒坦呀，难不成到最后败在蚊子手下？

2.从前面的高脚痰盂开始，到刷牙呀，灭虱子呀，看电视呀，晒太阳呀什么的，我们可以知道，来宝虽还算是个孩子，却是个极耐心的人，是个有主意的人。 现在，他又把主意打到了蚊子身上。

他用自己做试验，很快发现，人出的汗多了，身上黏湿湿的，蚊子是最喜欢的。反之，用热水洗了澡，抹得干干的，那蚊子，也不好意思再来啦。另外，清凉油、风油精、痱子粉，这是三样宝，抹到身上，凉而辣，即便被蚊子叮过，也不那么痒了。

来宝从他不为人知的小角落里拿出几张票子，到店铺里买了毛巾、肥皂以及"三样宝"。不知为什么，他并没有到万年青老婆——他远房婶婶的店铺里，而是走了些远路，到另一个不熟悉的店面。那卖东西的看他出手不凡，简直不像个哑巴了，又竭力向来宝推荐蚊香和蚊蝇喷雾剂。来宝分别拿到鼻子前闻了闻，他的鼻子是顶好的，闻了半天，又看了半天价格，最后还是选了蚊香，这个要便宜得多。

燥热的夏季渐渐地逼紧了，但来宝准备充分。他每天要烧四回热水。一起床，等兰小大过便，小过便，吃过早饭，他便替她洗头一把澡，这可以保一个上午。中午午觉之后，兰小又浑身汗滴滴的了，他再烧第二锅水洗第二把澡。第三把是晚饭之后，这样兰小可以舒服地看电视。第四把是睡觉之前，用以对付蚊子最为猖獗的长夜。

3. 洗四把澡，除了说起来有些啰唆，听上去多么平常，可是，来宝慢慢地发现，这事很困难了，越来越困难了，他的手和眼睛没地方放了，他的力气没办法使了，他整个人都快要废了。

在这之前，因是从春季一路过来，因为怕兰小着凉，又因为东坝人天生不爱在冷天里洗澡，所以每次擦洗换衣，都是隔着被子囫囵着、大概其的样子，来宝也不用太费劲，只倒腾着让兰小在被窝里翻翻身也就完了。

可是，夏季呀，这是夏季，事情完全不同了。

来宝先是被兰小的肉吓了一跳。

他想不到，一个人，身上竟可以生出这许多肉来，堆砌着，涌动着，层叠着，软得无边无际，他随便碰到哪里，都像是一下掉进个陷阱里似的……

他还想不到，女人的肉是可以这样白法的。兰小的白，他原先也是知道的，可白在脸上，跟白在身上，又完全不同了。身上，起伏那样多，明暗那样多，处处都埋着巨大的玄机，直刺到来宝的眼里，让他头发昏，让他着急，要发脾气，要打人，要摔破一样东西。

可是，不仅仅是肉，兰小身上，还有更多别的组成部分让来宝更加暴怒而焦躁，他长这么大，从来没有这么难受过！他不仅得看着，还得替她洗替她擦，替她抹痱子粉搽风油精。

可兰小却仍是那样坦然、安静，似乎她仍然穿着全套的衣服。她不晓得看来宝的表情，她从小就不会这些。她从小所会的便是顺从。她带着些痴人常见的昏然与漠然，又带着半瘫者的懒惰与无力，半边身子是温热的，另半边身子是发凉的，听凭来宝替她收拾整理，抬起胳膊，侧过身子，趴下来，再翻过来。浓密幽深的体毛无辜而坦白地闪过。

来宝的怒气会在深夜达到高潮，这个十七岁的孩子，开始失眠了，他爬起来，坐在黑地里，他看不见，听不见，也说不出，像跌入笼中的雏虎，像置身深谷的幼狮。他只能嗅嗅鼻子，可一切都给他收拾得太好，那痰盂不臭，兰小的头发不馊，席子没有霉味。

他所能嗅到的只是兰小的肉味，那般亲切而阴险，柔和而锐利。

来宝怎么也闻不够了，他像猿猴那样轻轻地爬起来，坐到靠近兰小一点的地方。可还觉得不够，便坐到兰小的床前。仍然觉得不够，于是，慢慢地翻身上了床，静静地卧到兰小的身边，像一只大狗卧到主人身旁。

他最大限度地贴到兰小身边，贴到她的肉上，可是，为什么呢，他还是那样狂躁不安？

兰小在梦中呼出深沉的气息，那般惬意。来宝于是碰碰她，再碰碰她，上上下下地碰碰，里里外外地碰碰，她似乎只是睡得更加深了。

这个一辈子都没有意识的姑娘，不知是否能梦到一片天花坠落的桃林，一个少年东张西望着，犹犹疑疑地，走到风景的最深处。

五

1.事情就这样在热乎乎的生活中静谧地发生了，像种子从地里发芽，土埋不住，草遮不住，石头压不住。

撒下种子，它就是要发芽了。

2.夏季的觉，人们分成两截子睡，一段放在中午，另一段才留到晚上。 中午，热得那种样子，蝉声听得人烦恼，除了睡觉什么也做不了，屋子里却也睡不得，实在太闷。 大家都爱卸一扇门板下来，男人放在后门口檐下，有点穿堂风吹吹。 女人则放在堂屋一侧，脸朝里，蜷起了身子也就睡了。 苍蝇蚊子在周围放肆地飞来飞去，他们仍是张着嘴睡着了，有的还打起响亮的呼。 这样一直睡下去，睡到猪拱食了，睡到羊叫唤了，他们才揉揉眼睛醒了，腮帮子上被门板压出几道红红的印痕。

有了中午这无知无觉的一大觉，到了晚上，人们就可以拿着扇子，互相串串门了。

兰小的父亲现在因为成了礼仪吹打班子的成员，有些走千家万户的意思，大家于是也喜欢到他家了。 哪里死了人，哪家儿子娶了媳妇，各是怎样的排场，有着怎样的细节，出过什么好笑的纰漏等，听他说说，着实有些意思，津津有味地能一直聊到大半夜。 要走了，出于礼数，大家会到兰小的房里看看她。

这一看，人们免不了要互相说说。

这个说，瞧瞧这兰小，看看那来宝，好像变了嘛，不知哪里，大不一样了。

那个说，变什么？ 能变到哪里去？ 这个，仍是痴，仍是瘫，仍是胖；那个，仍是聋，仍是哑。

有的则会说起别的。 他们注意到兰小房里的气味，哎哟，那简直就是香喷喷的了，痱子粉和风油精混在一块儿，又有蚊香在冒烟，跟仙境似的——是不是太那个了，这样讲究起来了！

讲究点也应当。 你说，兰小那可怜的，冷暖都不自知的，要由着苍蝇蚊子去叮，她那一堆肉，早就要烂臭了……真亏得来宝这孩子，好心好报，将来菩萨会保佑他的……

人们说来说去，无非就是这些。 说说，大家也困了，天色不早了，天上的星星都开始斜下去，他们一路打着哈欠也就一路走散了，各人回家睡觉。

从来没有人会想到那些在夜里开放的灼灼桃花。

就是兰小的父母，也是如此，甚至，他们看到来宝一天四次地替兰小洗浴，除了感激与局促之外，也没有别的想法。

也难怪他们会如此粗心大意，兰小嘛，因是自己的女儿，从小就看着她肥滚滚的肉，一年年看着，看了快要四十年了，除了沉重的怨愁，哪里还把她当作个姑娘！ 哪里会想到别的！

而来宝，从他十二岁到东坝，是那样无依无靠的身世，可怜的聋哑缺陷，在所有人的眼里，一直都还是个苦命的孩子。 你说，这样的两个人，要还想到别的什么，那真是太不厚道了太作践人了吧。

3.只有伊老师，只要一想到兰小与来宝，便会很忧戚——为什么旁人都无动于衷、视若平常，唯独他就是惴惴不安、心神不宁？ 总觉得要发生什么事了，总觉得什么事已经发生了。

每天晚上，他出来散步，远远地看着来宝与兰小相连着的两个窗户。 他看不到那里面的灯，也看不到那灯下的人，却仍会不由自主地盯着，死命地盯着，好像那样，就会看到什么天机似的。

有时候，伊老师也会到兰小家串串门，跟大家一块儿聊聊天，跟兰小来宝道别。 每有这样的机会，伊老师便会注意地观察兰小，观察来宝，甚至，还会极为迅速地从兰小的肚子上扫过。 这真是有些无耻的举动吧，伊老师自己都觉得无地自容了。

不过，让他稍感放心的是，好像并没有什么，兰小，除了干净些，仍是那样——要了命的胖，要了命的白。 倒是来宝那孩子，有点苦夏的体质，瘦了些，坐在凳子上，困倦地蒙眬着眼。

4.终于，秋风慢慢地起了，地里万生万物都相互显摆着各样的成绩。 于是，要掰玉米棒子了，要拾棉花了，要挖花生了，要割黄豆了，要晒山芋干了，还要提防着天上的雨、地里的鼠，把人们忙得要疯了似的。

　　农忙的时候，除了实在没有办法，红白事总归是要让一让的，有老人故去了，下人便磕着头祷告一番，一切以农时农事为重，暂且从简，把正式的仪式顺延到冬季再正经地大力操办。 这样，礼仪班子的成员们包括"胡子大衣"，也得以回家收割，个个忙得四脚朝天。 而越是农忙，吃食也越是马虎不得，因此，女人又比男人更加辛苦些，还要着重地准备饭菜汤水，并伺候猪羊鸡鸭。 总之，每到秋收的辰光，真的没一个闲人，全部紧张起来。

　　这样，像念紧箍咒似的，疾风骤雨地忙了一阵，所有的人都黑了两倍，瘦了一圈，跟被收割过的大地似的，脸上横横竖竖地多了不少刀斫剑砍般的皱痕——乡下人的衰老，总是发生在秋天，他们相互看看对方的老态，相互嘻笑着嘲弄起来。

　　兰小的母亲，也在这个秋天里老了下来，主要是眼睛老了。

　　晚上，在灯下剥棉花果子，白天，在院子里做绣花料的活总会成串地掉下眼泪。 揉一揉擦一擦，便通红起来，到灶间一烧柴火，更是迷糊得怎么也睁不开。

　　这个下午，院子里的母亲，一边从她手中的电脑绣花活上抬起头，一边擦着那源源不断的泪。 突然地，就想起了什么。

　　这事情不大，她都几乎忘了，但再一想，这好像还是个事儿，是个大事儿：她很久没有帮兰小洗过血衣了。

兰小的月事，母亲向来不要来宝伺弄，一来，算是让他每月有几天可以歇一歇；更主要的，我们这里有个风俗，童男子是不能碰女人的经血的。到底为什么，也不大清楚，总之，这是一个小小的禁忌，就像女人不能站在大门门槛上一样，这是不好的、不应当的事。

兰小的月事，向来准确，铺天盖地来了，床上连着床下，四五天之后，又整整齐齐地退了，说干净也就干净了，她又像莲花那样雪白雪白了。母亲摸清了规律，总是掐着时日在床上垫上一大块塑料薄膜，把衣衫换着洗洗，也就罢了。

母亲这样里里外外忙着的时候，来宝总是神情专注地待在他的房里，任由这带着肉味儿的咸腥血气像雾一样弥漫过来，弥漫到他的房里。母亲过去拉他出去，他便一闭眼，假装要睡了，仍是待着。母亲一走，他又睁开眼，鼻翼翕动着，沉湎其中了。

兰小的母亲掐掐指头往回想。她看不懂日历，她自有她的算法。

母亲先从清明想起，清明前后，兰小父亲想在门前的小塘边移一棵柳树送给村长万年青。兰小因是天天没事便要盯着小水塘的，发现那柳倒下了，忽然地，竟抽抽噎噎地哭起来，哭着，下边的血水也下来了……母亲一边收拾，一边竭力地劝抚，却总也平静不下来。来宝见了，只得去让父亲停下。 到底，那棵柳树是没有移成。

……接着，是端午之后，对的，端午那月她身上还有的呢，那天，兰小挝掣着两只手，嘴角挂着米粒子，一口气吃了三个粽子，大口吃着，也不管下面汩汩的泉。

……接着，似乎是小暑，家中的老羊正要生产，母亲这里正忙着烧热水接生，兰小那里又来月事了……母亲两边跑着，羊的膻，血的腥。 兰小健康的血块儿，小羊摇摇晃晃地站起。 母亲竟忙得高兴起来，有种热气腾腾的喜悦——一共接生了三只羊，一只羊，光吃吃草，就大了，就肥了，却可以卖出七八十块钱，多好的事儿。

可是，那之后，母亲抬起了头，看看天，又低下头，望望地。 是啊，后来，后来秋收大忙到了，而兰小那里，就再也没有过月事了……

母亲坐在院子里怔忡起来，有些不确定的迷糊，不确定的恐惧。

难道……?

她揉揉眼睛，又掉下一行泪——她的眼睛，或许并不是病了、不是老了，而是先知先觉，提前地替某件她尚不知道的事伤心了、哭泣了。

六

1.这天，伊老师来到了村长万年青家。

快要中秋了，从中秋开始，日子会一天天闲下来，过节的气味甜丝丝地飘在空气里，人们的脚步因此放得慢了。

晒场一角，家家户户都堆起了新的柴火堆，尽管只是些棉花秆、黄豆秆、玉米苞皮，不值钱的东西，却被收拾得齐齐整整，有的还做了防雨的草顶，用绳子吊着木板或砖块，远远看去，像从前的茅棚似的。是啊，得防好雨，得防好风，有了这柴火堆，一整个寒冷冬季，我们的灶台里就一直会有旺旺的火焰，让母亲们烧出热烫烫的水与汤来。

伊老师站在万村长的晒场上，先夸了会儿他的柴火堆，又跟他说了一下最近看到的新闻：城里有家食品公司在做一个天下最大的月饼……

天下最大还是中国最大？天下最大，那就是吉尼斯了？万年青打断他，并用了个很高明的词，表明他是有见识的，也是冷静的。

天下最大不就是中国最大嘛。伊老师狡猾地反驳道。同时，继续往下说：这个月饼呀，用了几百公斤的面粉、几百公斤的糖、几百公斤的鸡蛋……全城的人都能去随便吃，恐怕都还吃不掉……

吃不掉？那我明天到村里广播广播，大家一起到城里去，帮个忙算了……人家城里人，也不容易呢……城乡互助嘛……

两人说着，快活地笑起来，一边往屋里走——这便算是他们之间的寒暄了，村干部与退休教师，比之我们一般人之间的寒暄，要有意思得多，有水平得多。

进了屋子，谢过茶，谢过烟，伊老师脸上慢慢地没有笑了。他咳了一声，等了一会儿，才清晰地开口了：万村长，恐怕，来宝让兰小有身孕了。

伊老师就这样，说起正事来，总直来直去的。说完了，嘴巴紧紧地抿起。

万村长低着头，捧起茶，又点起烟，低着头，准备往下听的样子。

伊老师于是一层层往下剖解：我呢，早就想到这一层，却不好说，也认为不大可能……可是，最近，他们听到兰小的母亲天天坐在院子里哭……

那是她眼睛的毛病哩，她眼睛会见风流泪。万村长抬起头。

对，她眼睛近来是不大好了，所以我并没有当回事。伊老师也同意道。可是，他们又说，来宝最近瘦得厉害，白天总打瞌睡……

那孩子苦夏，几年都这样，夏天就要瘦……打瞌睡又怎么的，这话谁说的，他去照料兰小试试看，看他打不打瞌睡……万村长急慌慌地反驳道，像要吵架。

是啊，我也这么看。伊老师还是点点头，心平气和的。不过，他们又说，那些婆娘说的，说兰小身上现在不那个了……而且还有反应，白天黑夜地干呕，呕起来还特别响亮，人家走在西边大路上呢，都能听到她喉咙里在干吊……

有不放心的过去看，兰小的两边腮上，竟密密的一层雀斑，女人们说，那就是儿斑，恐怕真是有了身孕……

村长万年青抬起的头又低下去。

唉，你说的，我其实也知道了。我老婆回来都跟我说了，说得比你还多，她在大路边开铺子的，谁来买个东西，都要停下来说几句新闻，兰小的事，他们说了很久……我只是不信，兰小，快要四十的人了，又是那种样子，一般的人，躲还躲不及……那苦命的来宝，我一向看他都是个孩子，还是那年投奔来时的样子，十二岁，站在屋檐下，伶仃得很，裤脚一只长一只短的，哪里想到他会晓得这些事情……

两个人都静下来，不知该说什么才好。

见万年青低着头苦恼，伊老师又丢过去一根烟。两人对着抽起来，却又有些尴尬似的，不愿看对方。

过一会儿，万年青才不情愿地重新开了口：那伊老师，依你看，这事，肯定是真的了？不会错了？比如，会不会，兰小是身体不好，得了什么妇科病？或者，是别的什么歹人夜里摸到她家里做下了这事？

这话听上去有些离奇了、软弱了，万年青自己也讲得不太通顺，声音越讲越矮。

你不要内疚，这事又怪不得你。伊老师替他解围。

倒不是说内疚。我只是怪自己糊涂，当时，看着兰小家里需要人，正好儿子们又要让来宝走，心里头一着急，做事竟然这样毛躁了……你说，这事儿，是委屈兰小了对吧，她是个痴子，并不晓得这些事……可是，我怎么觉得，也委屈来宝了呢，把他放到那里，天天屎啊尿啊地侍候，就是个石头也会有感情了，何况来宝是那么个乖巧的孩子，只是，他怎么，这么早就开窍了呢……唉，这事儿弄的……

村长，看问题要辩证，要一分为二。你说，委屈了两个人不是？我看，倒也不见得就是委屈。你想，兰小这姑娘，对她来说，不论什么事情，都没有好歹之分的，也谈不上什么委屈，她活这一世，跟正常的女人一样，什么事都要经历一下才不冤，对不对？来宝呢，虽说才十七岁，但要是个周全的小伙子，早都要托人说媒了！男女之事，我们都是过来人了，是最纯粹的，只要双方乐意了，跟别的一切都没关系，可着来宝他乐意，他不觉委屈就行……总之，这事，正过来看，是丑事，反过来看，静心静气地公道地想一想，倒是桩好事、喜事。

万年青听得脸上舒开来一些，伊老师这样一说，好像在道德上、舆论上就把这件事给说通了——以后但凡有些闲言碎语，倒是那讲话的人不懂人情世理了。

可是看看伊老师，神情却还是不好。果然，伊老师顿了顿，又接着往下说。

……这事，你我能想得通，东坝的邻里乡亲也能想得通——你别看他们喜欢在背里说长道短，那只是因为生活太寡淡了，需要点可以说说的事情……但心里，他们跟我俩一样，也是往好里想的，谁会当真作践那两个可怜的人……只是，就怕传到外村去，传到上面去，传到法律上去。 我看过好多报道，像兰小这样，别人只要碰她，不管事情的前因后果如何，严格说，那就是强奸，就要定罪的，就要进局子里去的。

伊老师说话总是有股狠劲，一下子就把话挖到底了，听得村长万年青脸色一下子也青起来：那你是来告诉我，来宝要坐牢了？ 娘的，早知这样，当初就是让他沿着村口讨饭也比进去好呀……

倒也不见得。 我今天来，就是要求解决办法的：我想自告奋勇，做个媒人呢。 怎么样，你，作为男方的家里人，愿意不愿意？

2.兰小父母现在又在夜里头起身坐到床上了。 父亲点起他的水烟，烟头在黑里头一闪一闪。

这些天，因是往农闲里去，红白事又多了些。 可父亲在吹打班子里，总有些不自在。 他老是觉得，他一敲起钵，乡邻们就一定开始了关于兰小的窃窃私语，而他一停下，在那余音里，人们又不得不暂时中止方才的谈话。 他不敢看别人，同时，发现别人也在尽量地躲闪着他。 他知道，那是一种善意的、无可奈何的回避，可正因了那是善意，他感到加倍的难受。

兰小的母亲呢，更是心里头咸咸淡淡的，浑身不宁。 有心要找来宝谈一谈，到那房里转了几圈，看看那两个人——
一个是全然无知无觉，浑身的衣服被撑得紧紧的，她的肚
子、胃、胸脯，以前就大，胖子的那种大，现在，当然是更
大了些。 再看来宝，默不作声地走来走去，洗这弄那，一切
都忙得有条不紊、利利落落。 母亲拉拉他，他便停下，带点
疑问地看着母亲。

那疑问，笃定而无辜。 所谓无知者无畏了。 母亲张张
嘴，终于不知道该如何跟一个哑孩子谈那件事。

唉。 母亲叹口气。

唉。 父亲叹口气。

或许，他们是不由自主地竖起了耳朵，想听听前屋的动
静。

可是，哪里又能听出什么？ 那两个孩子，安静着呢……
那么多夜晚，也都是这样安静着的，好像从来没有发生过什
么……

你说，父亲似乎是想了半天，才说出这么一句。 你说，
来宝，是喜欢我们家兰小，才这样的吗？

我们家兰小……母亲提到女儿的名字，忽然带出一泡
泪。 谁就是喜欢她，又有什么用？ 而且那来宝，我看，这
孩子也不是很清楚这事件的利害关系，他不见得就是当
真……唉，这件事，到最后可怎么收拾呀……

两个老人真愁死了，愁得漫漫长夜都过不去似的。 正是
仲秋的白露时分，似乎都能听到露水珠儿在院子里的叶子上

流泪了。

3.我们这里，媒人通常都是女人，因此叫作媒婆，偶尔也有男的，有些身份地位的，那种姻缘，一般都是很体面的。

这伊老师，发了心要做媒，就做得像模像样了。 穿的是整整齐齐的中山装，有些旧，却很挺括。 进门先提四样小礼：两斤糕、一斤糖、两块布料、一个猪大腿。 行动上，未语先笑，面带喜气，那种一本正经的喜气：

哎呀，我来给二老贺喜了！ 有人看上你家二姑娘了。

那来宝，你们认识的吧，一个好小伙子呀，要相貌有相貌，要力气有力气……

那里，他的远房叔叔，也就是咱们村的村长万年青，托我来做媒了，喏，这是四样小礼……

这两个孩子呀，虽说岁数相差一些，可别的，我看真蛮般配，而且，他们有感情基础，你情我愿，不就行了……二老，你们放心，一定不会错的，两个孩子准会亲亲热热地过日子！

当然，这里头也要讲究个缘分，我们男方是满心愿意的，还要看你家的心思，看你家二姑娘的心思……过两天，我来听信儿！ 没关系，成不成，还要看孩子们……哈哈！

从前到后，伊老师没说到兰小的痴与瘫，也没说到来宝的穷与孤、聋与哑，更没提兰小肚子什么事儿，一个字都没有，一个手势都没有，一个眼神都没有，好像世上根本没发生过那件事，好像他生活在东坝之外，根本就不知道似的……

他今天，就纯粹地是来说媒了，那么客气地、试探地，把兰小当个宝贝千金疙瘩似的，这是多么标准乃至完美的一个媒人哪，这门亲，这份体面！这份规格！还要怎的！

现在，大家都高兴起来，喜气洋洋的，好像那本来是所有人的一个心思，一个包袱，现在，全都放下来了，松了口气。我们终于可以自然而热闹地，像从前那样到兰小家串门了。

而冬天，就在这朦胧而庞大的喜悦中来临了。外面的风声呼呼的，大地像睡着了似的，懒洋洋地躺在那里，发黄了，变硬了，什么都不想长了。人们完全地、心安理得地歇下来，在屋子里拱着手闲谈，坐在灶头，靠近柴火堆。乡间的话题是有限的，不免要把兰小与来宝翻来覆去地讲，想象力与热心肠互相比赛着。

所以说，世上只有剩饭剩菜，没有剩男剩女，你瞧，千里迢迢的，来宝到了我们这里，跟兰小定下这姻缘了……

他们这婚事呀，我看要最热闹不过，兰小她爹可是在吹打班子里头，那一个个还不卖了力去吹去打去唱！

那生下的孩子，你看，父母双全，健健康康，可不比兰小、来宝的命强得多！也算是苦尽甜来！

我听说，女人生孩子，那是大有名堂的。哎，会不会，那兰小把孩子一生，把痴病、瘫病倒带走了呢？哪怕带走一个毛病也好呀！

人们热心得忘了来宝的岁数。伊老师这媒，做得是有些急了，也是个权宜之计，是要给兰小肚里的孩子一个说得过去的背景而已，真要说结婚——那来宝的岁数还太小！

因此上，伊老师跟村长万年青商量了许久，又到兰小家几次，掐指算算兰小的肚子，最终决定：就在明年正月，好好地办个订婚仪式，比结婚还要排场的订婚仪式，反正四邻乡党的全都请到，把事情弄得亮亮堂堂的，这样，就可以让兰小名正言顺地把孩子生下来……以后嘛，等来宝年数足了，再到乡里头领证就是。

大家听了，略略觉得有些扫兴，但想想，好事多磨，只要来宝跟兰小成了，结婚订婚都可以，只要孩子也生得好了就行，事情怎么办不都一样？就一心一意地只等着正月里喝他们的喜酒吧。

七

1.兰小突然出血的那天，冬天的第一场雪也一起来了。

雪，不大，而且湿漉漉的。我们这里的雪通常都是湿的，很难积成厚厚的一层。这样的雪下到屋顶上，就会慢慢地流下水来，结成了冰凌凌，小孩子看见了，往往欢喜得拍手，叫大人掰下来给他玩。

兰小的父母待在房间里，也仰着头看那慢慢成形的冰凌凌，父亲看了一会儿，忽然小声地笑起来：明年，这个时候，兰小的孩子也能看到冰凌凌了，我要摘许多给他玩。

兰小母亲守在灶上，一边替兰小炖着一锅红枣，一边还在弄绣花活，她抬起头骂起来：你没有数了！那才几个月的娃子，能玩那个？

说笑了几句，红枣味倒越来越浓了。忽然看到来宝从院子低着头走过，走到放杂物的小房间，翻弄着要找东西，一会儿，他抱着床棉胎又往前面去了。母亲盛了碗枣子跟过去，却见来宝手里还拿了块大塑料薄膜——这是兰小从前来月事时，兰小母亲专门给她备了垫在床单上的。

母亲这一见，眼睛突然就跳起来。

她几乎是跑着到兰小的房里，手里的红枣汤都洒了一半。果然，兰小出血了，那床下的棉胎完全红了。

来宝神色还是平常，他把棉胎什么的给了母亲，仍像从前那样，到他自己的小屋去了——他大约是以为，兰小的月事又来了，他得避一避才是。

外面，是白的雪，那样慢悠悠地飘着，挂着冰凌凌。里面，是红的血，肉腥气无所顾忌地弥漫着，像要涨潮的河似的，什么都挡不住了。

兰小愣愣地躺着，两只黑眼珠像毛窝子似的，好像特别黑了，她还在盯着外面的小水塘。

冬天的小水塘，没有什么绿色，树枝光秃秃的，连只鸟都没有，并没什么好看。可她，偶尔眨眨眼睛，还是专心地看着。

母亲抖着手，拼着力气，抬起兰小的身子，把床上换弄下一层。可是等到赤脚医生来了，血水早漫过塑料薄膜，又湿了一床。

赤脚医生看情形不对，连着打了两针止血针，又差人把接生婆请来。兰小母亲在旁边急得都不会哭了。那肚子里的孩子，不过才四五个月，请接生婆来，又有什么用？

接生婆来了，那床上正换下第四床棉胎，兰小家已经找不着干净的棉胎。接生婆看看那血的阵势，又伸手按按兰小的肚皮，摸弄了半天，脸色慢慢地白了，兰小母亲在一边哈着腰，结结巴巴地问了许多话，她却一声不答。

兰小的父亲把执意要走的接生婆送回家，回来的路上，他突然坐到雪地里，怎么也爬不起来，怎么都不肯爬起来。他看到地上的雪，好像都成了红红的一大片了。

村子里那些生产过的媳妇婆婆也冒着雪来了，进去看看，也都脸色白白地出来了。屋子太小，她们便站到外面，站到雪地里，雪落到她们头上，她们的头发很快湿了。湿着头发的女人们都傻了似的，不敢交换眼神。事情一看就明白：孩子没了。大人也快没了。

妇女们的外面，站着些男人，伊老师和村长万年青也在里面，他们看着妇女们的神情，留心听她们的只言片语。 别的，还能做什么呢？ 本来，总以为事情会越来越好的。

而这时的兰小，却还撑得住，不动也不呻吟，仍是那样睁着眼睛，往窗子外看。 她脸上的那层雀斑，不知何时退掉了，一张脸干干净净，白得像月光。

来宝看人们来来往往、进进出出，终于明白，这次的血跟从前是不同，很不同了。

兰小的床前全是人，他挤不进去，只得仍旧坐到自己的房间里。 房间的墙上，是村长老婆给他贴的一排挂历纸，花花绿绿的，不知看过多少遍了。 可今天看上去，却特别不一样了。

来宝想着刚才那些人的表情。 他感到，人们好像不大愿意看他似的，总是匆匆地看他一眼，又去久久地看着兰小，无限可怜她似的——兰小的这血，难道出得跟他有关？ 兰小的这血，难道竟会一直这样流下去？

来宝于是转过头往窗外看，他知道，这会儿兰小也在看窗子外面呢。 他陪着她看，跟从前一样，那些中午，他们一边晒太阳一边看。

他看得眼睛都不敢眨，生怕漏了什么。

慢慢地，天黑了，窗户外面什么也看不到了，只有冰凌凌在檐下泛着微微的白光。 兰小大概也看得饱了吧。 那窗外的水塘，她看了一辈子的风景，现在黑下去了。

她打盹似的闭上眼睛，睫毛像小刷子似的在灯下形成阴影，青色的血管，还是像婴儿一样，在眼皮上微弱地跳动着。

她身下的被褥子，在冬夜里，慢慢地结得硬起来，深红色，有些发黑了。

兰小的身子开始冷了，人们也散开了。来宝这才有机会往前靠了，他又做起他日常的事情了。

给兰小洗脸，梳头，扎头绳，拿小镜子给她照照，把痰盂洗刷干净，还打开电视，把声音开得很高。兰小的母亲拦不住他，来宝根本就是个聋子，力气又那样大，谁也拦不住他。

电视的声音实在太响，好多人在自己家里都能听到。

2.兰小的葬礼算是很排场了，她一辈子里最排场的事了。就像人们预想中她的定亲礼一样，那些吹打班子，因为父亲的关系，特别卖力。

父亲也在敲着钵，固执地，一下一下温柔地敲着，不大跟得上拍子。

悼词，是伊老师特别写的。写得有些文绉绉，大家并不能够全部听懂，并且他总把兰小叫着"陈蕙兰"，让我们听上去很是陌生。但其中有一句倒是明白的，大意是，陈蕙兰，作为一个女人，这辈子，活得也是有意思了，值了。她一直无忧无虑，平静安详，这次远行，一定也会顺利抵达，并且，在那边，会更加无忧无虑，平静安详……

人们听着，无一例外地哭了，倒不是说怎样的伤心，只是想到死亡这种事，这里面的无情和无奈……每个人都一样，该经过的事得经过，不该受的罪也得受。

排在晒场上的花圈，都写着"敬挽陈蕙兰女史……"，好像送给另一个人似的。 其中，有一个特别大，共有十二圈白花银花，那是来宝买的，他没有央人写字，他知道兰小并不识字，他自己也不识字，写给谁看呢。

因此，来宝的那大花圈，就只是那样光秃秃地靠在那里，但正因为上面没有"陈蕙兰"三个字，倒好像跟兰小是有些关系了。

除了花圈，来宝还替兰小买了夏天的"三样宝"：风油精、清凉油、痱子粉。 他不要兰小身上长满红疙瘩，她的皮肤最经不起叮。

又买了里外三套全新的衣裳、新的扎头绳、新的小圆镜子、新的木头梳子。 后头这几样，他早就想买的，却一直拖到现在。

还有新的高脚痰盂，新的扁痰盂，样样都很好看，好像兰小要一起带到那边用似的。

来宝还出钱请了两个小和尚，坐在兰小的灵前，咿咿呀呀口齿不清地念着，他们手中的小棒槌，敲一下木鱼，再敲一下木鱼。 有懂得的人说，这念的叫"上路经"，是送兰小上路走了。

因为兰小的身子沉重，最后她的上上下下里里外外，都

053

是来宝一手操办的。 他垂着眼皮，忙得头上都冒出了热气。可是，给他那么一收拾，兰小躺在那里，还跟从前一模一样，在打瞌睡的样子。 只不过，她不会再睡在床上，而要睡到棺材里了。

说到棺材，这是整个葬礼中唯一不那么好的地方。

兰小算是个年轻人，不像别的老人，棺材都是早早就备好了的，也是就着身量做的。 兰小的死，这样突兀，只得临时到外面去买现成的，虽是挑着最大的买了，回来一用，却发现还是瘦了。 兰小躺到里面，两只胳膊放不下去，只得挤到上面来，稍稍有些局促了。

来宝却因为这个突然大哭起来，怎么也不肯将就，又不要别人帮忙，他再三地努力，把兰小抱起来，重新放，反复地放。

他一边费着力，一边呜呜呀呀地在喉咙里哭着，要死了一样地哭着。 泪珠直滚到兰小脸上，好像那是她自己流出的泪。

3.兰小不在了，那狭长的水塘，还在。 夏天变得大一些，丰满了似的；冬季就瘦一些，略有点荒凉。

鱼，田螺，泥鳅，鸭子，芦苇和竹，洗澡的水牛。 小孩子扔下去的石子。 冬天里的枯树，塘里白白的冰块儿。 我跟您说过的，这水塘什么都不缺，就像一个人的五官，那样恰当而端正地长着。

　　来宝也还在，他天天地，看着那水塘。

　　兰小死的这年，三十七了。 他，过了年才十八岁。 十八岁的来宝，会看多久水塘呢，不知道。

一

1.在东坝这样小而旧的镇上，每增加或减少一个人，都会成为一个事件，其中的主角与配角总会在人们的嘴上辗转相传、反复咀嚼，像一种吞下去又可以吐出来、你尝完了又可以再吃的神秘食物。这食物，让东坝的人们在漫长的日月天光里多了一点稀薄而发自内心的快乐。

因此，当古丽和她幼小的儿子达吾提带着陌生的异域气息出现在小镇上时，几乎所有的人都为之暗中一喜，这喜悦是如此真诚且强烈，以至人们不想虚伪地加以掩饰，他们中的一些急性子和无所事事者甚至尾随着古丽和那个男孩。在古丽的身后，很快出现了一支松散的小型队伍，人们的脚跟和脸颊上共同散发出一股善意的好奇之心，并一直弥漫到冷冰冰的空气中，钻进达吾提的鼻尖，让小男孩的鼻翼像蜂鸟一样地鼓起来。

达吾提拉拉古丽的衣角，他对着妈妈抽抽鼻子，脸颊飞速地皱起，然后又突然拉平。古丽像听到了什么，她回过头。

　　这样，镇上的人们得以第一次看清古丽的脸。

　　此时正是冬季，这个苏北小镇，路边铺着枯黄的小草，树枝杂乱地伸向天空，街面的店铺覆盖着一整年的厚厚灰尘，呈现出暗淡的色调，触目所见，了无生趣。

　　而古丽回过头，忽然改变了这一切似的——她的面孔着实美丽。她没有微笑，但人们还是感到一种春天般的和煦，宛若草长莺飞，大家不由自主地回报以更加暖和的笑容。

　　这显然鼓励了她，她迟疑了一下开口问道：请问陈寅冬家往哪里走？

　　她的口音如此奇怪，像是北方官话，又像是某种侉子方言，有些别别扭扭的，人们听得费劲极了，也兴奋极了，如同刚刚进行了一场智力测验。

　　不过，陈寅冬！她问的是陈寅冬？这是一个死去男人的名字呀！而且，他死在异乡，死于一场意外！人们几乎无法自持，这是多么重大的事件！陈寅冬的名字立刻变成了一枚秘制的上等酸梅，他们每个人的嘴巴都因此变得更加湿漉漉了。

　　惊愕与狂喜使得这一瞬间出现了冷场，人们再次仔细地打量她。她穿着一件长长的外套，色彩鲜艳，或许这是条裙子；她的头发被一条更加艳丽的头巾缠住，只在头巾的下方垂下一个沉甸甸的结，如果她把头发放下来，一定会长得超过镇上所有的姑娘。有人还注意到她耳朵上的银饰，同样是长长的，在空气中逶迤，跟这里妇女们常用的耳钉截然不同。

队伍中比较富有阅历和威信的一位站出来答了，因为小心翼翼，语速有些慢吞吞的，不那么自然了：您不晓得吗，陈寅冬已经过世了，过世都一年多了。您这是……

哦，我知道。我只是找他的家。古丽继续用那难懂的口音答道。

那么，您是……？

是啊，她是谁呢？这镇上的每户人家，每户人家的家庭成员，每个成员的每个亲戚，大家都是了如指掌的。可是真的没人听说，陈寅冬竟有这么一位漂亮的……亲戚？

陈寅冬，父母早亡，且无同胞，很早就出门做工，后来在镇上娶了同样失怙的黄姑娘，生了女儿，然后仍是出去做力气活，跟着一个工程队到很远的西北修筑铁路——在镇上人的眼中，他几乎是个完全陌生的邻里，每年只有春节才会在镇上度过，有点孤僻神秘的样子，然后便继续远赴那不可知的西北，直到有一天，从那里传来他突兀的死讯。

他一共活了四十八年，可在镇上人看来，却似乎只活了一个春节，他的生命在人们的记忆中只有几十天——从腊月到正月，他活在镇上，然后，他消失了。在这个世上，他只留下母女两个，其余的便再无枝蔓。那么，这个女的是从哪里说起呢，并且还带着个七八岁的孩子？

荒诞不经的想象力、五彩缤纷的推测，在人们的头脑中，像爆炸后的碎片般飞散开来，瞳孔慢慢放大，他们目不转睛地盯着古丽，像盯着一幕即将开场的好戏。

唉，这个冬天，也许可以多串几回门子吧，拱着手，在屋檐下窃窃私语，寒风从袖子与领口中穿过，人们无知无觉地沉浸在交谈的乐趣中。

2.在一个孩子的殷勤带领下，古丽和达吾提被带到了已故的陈寅冬的家，带到了陈寅冬留下的那对母女前。

陈寅冬的太太，即前面说到的黄姑娘，名叫群红，她长得有些老相，从做姑娘时便老相，加之长陈寅冬两岁，镇上的人都称她为红嫂，这一叫，一直叫到五十岁。

女儿呢，已经十九岁了，应当是最娉婷的时候，却生得不太好看，头发稀而黄，又偏瘦，这在东坝镇上，是一种不可原谅的容貌。她上过几年学，名字是陈寅冬起的，叫陈青青，照镇上人们的审美，这青青，连名字也是有些小气了，不那么喜庆。

红嫂站在大门口，青青站在侧门口，她们一起看着古丽和小男孩，注意力很快被分散到古丽的脸及衣饰上，一时间竟忘了盘问她的来意，是啊，谁不会被古丽的模样给迷住呢。但站在不远处的人们有些不耐烦了，有人咳嗽起来，另外有人吐了一口浓痰——这有效提醒了红嫂，红嫂意识到她担负有开口询问并给人们一个说法的责任。

红嫂于是开口问道：您到我们家找谁呢?

古丽把男孩往身边拉了拉，答非所问：我们从西北来，这是陈寅冬的儿子。

哦！惊呼在人们的胸腔中此起彼伏。陈寅冬的儿子！那位陈寅冬竟然还在外面生了个儿子！这么说，这个又好看又年轻只是话说得不太好懂的女人是他的小老婆！哎呀，这都是新中国了呀！都建国好几年了呀，怎么还会有这么……这么旧社会……的事情呢！男人们在心里翻江倒海了，几乎要把陈寅冬从坟里揪出来细细盘问一番并好好揍上一顿。

青青在侧门口那里闪了一下，把自己关到房里——这是她的一个习惯动作，也是在红嫂多年要求下的一种条件反射，作为一个十九岁的姑娘，对一切可能出现的丑闻都应当回避，或装着视而不见、无动于衷，最多，最多只可以躲在门缝里偷看。

门缝，顺便说一下青青的门缝，这可是青青张望世界最妥帖的通道，由于长年累月的摩挲与使用，青青的房门后面，门缝的两侧，甚至呈现出一种光滑的手感，像是少女的皮肤，带着玉的微凉……父亲的缺席，寡母的谨慎，这导致了青青与其他少女的显著差异，其敏感与戒备，自闭与孤寂，永远没人能够抵达或触摸。

青青能够躲进小屋，做母亲的却不能够。红嫂的身子晃了一晃，脸上虽还是笑着，却明显没了力气：真的？她轻声地嘀咕一句，像是用嘴巴在问自己的耳朵：刚才听到的是真的吗？陈寅冬真的在外面生了个儿子？

真的。古丽再次把小男孩往前拉拉，那动作让人们联想

到她是在出示一个人证或物证。 人们在不觉中被引导了，注
意地看起那个男孩，这一看，事情好像却更加严重了：这个
男孩，里里外外哪里有一丁点儿像陈寅冬呢！ 他的眼睛明显
地凹进去，头发是微黄带卷的，肤色白皙得过分，连血管都
要透出来似的。 这一看，所有的男人几乎都要笑出声来。
哈，哈哈。 这个男孩，他的父亲怎么可能是这镇上的任何一
个男人呢，他的种子必定来自古丽所在的那片土地。

围观的人们流露出看出破绽的神情，他们明显地放松下
来，互相捅捅胳膊，几个妇女甚至叽叽咕咕地笑起来。 这些
镇上的妇女，一辈子都是贞洁的，乏味的贞洁，廉价的贞
洁，但她们自认为永远有理由在那些身份不明的女人面前表
现出大大咧咧的骄傲。 比如，这个古丽，她竟然扯起这么不
高明的谎。

红嫂抬起了眼皮，又耷下去眼皮。 不知为何，邻里们的
神情与笑声让她感到了不快，她不喜欢人们这样对待跟陈寅
冬有关的人或事。 这对她也是一种间接的冒犯，不是吗？

于是，红嫂重新抬起眼皮，轻轻拉过那男孩：既是这
样，进家里说吧。 古丽自然地也抬起脚跟着进去了。 大门
在他们身后被缓慢地关上。

人们张开的嘴巴在半空停住，舌头几乎变得寒凉。 这是
怎么说的？ 这是怎么说的！ 红嫂竟然就信了那女人？ 她不
仅信了，而且还容了那女人，拉着那孩子，让他们进了屋？
哎呀，这话是怎么说的，他们感到自己都要变得结巴了，他

们在惊愕中彼此对视，同时，感到一种接近高潮般的满足——今天的这个热闹，可真是看得足了，饱了，撑着了，都要打嗝了，都要半夜睡不着觉了。

　　3.古丽显然是累了，并且很饿。　那个男孩也好不到哪里去。

　　红嫂一言不发地替他们准备了一些吃的，热气腾腾地端上来，窗户上很快弥漫起雾气，像是黄昏提前降临这间屋子。

　　古丽神情自若，真像是回到了自己的家似的，左手抓着包子，右手捧着大碗，发出极为享受的吞咽声。　那男孩则像只小狗似的，每吃一样东西，都会极为小心地先凑上去用鼻子闻闻，上下嗅嗅，像在对气味进行鉴别与记忆，然后才慢条斯理地吃起来。

　　青青倚在侧房的门框上，像在瞧一张画片片，或者像在舔一个棒棒糖，用了那种节俭的、流连的眼光，从细枝末节开始，然后才慢慢地集中到画面中间——对她而言，这是多么奢侈的风景。　这么些年，她所能看到的他人，仅仅是母亲，或是一些邻居的侧面与背影。

　　她首先注意到古丽放在屋角的布包袱，她下意识地进行了猜测，她想象着，那里面一定是更多的衣服和首饰，会把整个镇子都惊呆……接着她把眼光移到桌子下面，古丽的鞋与男孩的鞋，这是两双沾满灰尘的鞋，这是哪里的灰尘呢，一定超出青青所能想象到的最远地方吧，比邻镇远，比县城远，比省城远，比天边还远……青青欢喜地看了又看，她甚至愿意自己就是那两双鞋，是鞋襻儿，是鞋底儿。只要，她能够一直那样走啊走啊，走到最远的地方……

古丽吃东西的声音分散了青青的注意力。红嫂曾教过青青，女孩子吃东西一定要无声无息，走路要无声无息，笑起来也要无声无息，睡觉更要无声无息（特别是跟男人睡时，不过，这一点红嫂没有说得那么明确）——红嫂的这种家训在这个小镇上当然显得有些阳春白雪了，不合时宜了，但青青并不清楚这种差异所导致的滑稽和荒诞，事实上，她是个没见过任何世面的姑娘，对这个世界的肮脏与荒淫一无所知。红嫂的长年独居生活像是一个沉闷的巨大温室，青青在其中温顺地、不为人知地独自生长，她将母亲的一切教导奉为圭臬。

不过，此刻，她不能不感受到古丽吃东西的声音——一个年轻女人，她咂摸着嘴巴发出模糊的哼唧声——这在想象中，本是多么典型的粗俗之举！可是，不，听听古丽，看看古丽，她所传达和散发出的一切多美呀，如此舒服，自然！那是对简单食物的满足，对热汤热水的感恩，对健康肠胃的呼应……青青简直看得入迷了，呆住了，好像第一次从古丽这里知道：吃饭原来可以变成这么豪放的一件事。

怔忡之中，青青把眼珠流转过去，像是慢慢移动的光线，她打算再好好看看那个小男孩。刚才，在观察古丽的同时，青青用余光注意到，这个男孩对味道有着特殊的爱好。筷子，他会闻闻。菜叶，他会闻闻。红嫂拿来的抹布、红嫂放在桌边的围裙、古丽突然打出的一个饱嗝——他也会飞快而认真地嗅嗅鼻子。多么奇怪的爱好呀。青青正想好好研究一番，小男孩却刚巧吃完，也正抬起眼睛盯着她呢。这让青青有些猝不及防——男孩的眼睛大而亮，并且湿漉漉的，像是家中院子里那专门接天水的一口大缸似的，青青竟能照到自己的身量和影子。青青不由自主地走上前去，摸摸达吾提的脑袋，那黄而微卷的头发毛茸茸的，细腻而伤感。

——青青对古丽及达吾提的好感是没有实际意义的。太多的悬疑与敌意仍在屋子里四处窜动，伴随着红嫂走来走去的身子。红嫂在收拾碗筷，红嫂在抹桌子，红嫂在整理凳子，她的每一个动作都像是一个饱满得快要坠下来的水滴，或是正在发酵的谷物，酝酿着无声的诘问与指责：你跟陈寅冬到底是什么关系？凭什么说这男孩就是他的儿子？今天找到这里来又是什么意思？寻亲吗？认门吗？闹事吗？

古丽仔细地盯着红嫂，像是聋人在读唇语，并且，真像是听懂了每一句潜台词似的，她轻轻地打了个嗝，神色平静地开始回答，口音别扭而吃力，因此显得极为慎重。

大嫂，这儿的地址是陈寅冬给我的。他说过：如果想离开西北的话，就到这里来找你们。

我认识陈寅冬的时候就知道他是结过婚的，他跟我说起过你们。但我还是跟了他十一年，一直到他去世。

我们那儿有好多女人都这样，十几岁便早早地出来做活，跟着铁路线上的工程队过日子，给工程队的男人们烧饭、洗衣……铁路线从没有人烟的荒地间穿过，我们天天儿只能看到那些男人，男人们也只能看到我们……工程队沿着铁路线从东往西一里一里地前进，我们跟那些男人也开始一对一对地好上了，我们都知道这些男人是结过婚出来的，可是，那有什么关系呢，在那大荒漠里头？

咱们的这种好，就真是跟夫妻一样好的，各门各户的，像过日子一样的，像外面的胡杨树一样的，像外面的风沙一样的，不知道怎么开始的，也不知道最后会怎么样结束。或许，等到铁路修完了，那结局也就自然到来了，要么是散了，要么仍然在一块儿，那谁能说得准呢……

可是我跟寅冬，我们俩的结局却提前到了。那铁路还没修完呢，那工程队还好好地在着呢，那工地上还热火朝天着呢，他却突然死了。您一定知道的，吊机上的一捆轨道枕木，像是瞄准了很久似的，一直等到他路过，才不偏不倚地掉下来……

你是说瞄准！他在瞄准枕木吗？红嫂冷不丁地插了一句，像是早就等着什么似的。

不是！不是！您听错了，怎么可能呢！当然是枕木瞄准他！你想，那条走道宽宽的，那枕木为什么不前不后偏偏就掉下来落到他头上呢！古丽急迫地反驳起来，并且紧紧地盯着红嫂，她怎么会这样想呢，有谁会去找死吗？

你刚才是说，陈寅冬在死之前就把这里的地址给了你，他难道早就知道自己要死？　红嫂仍是紧紧地盯着古丽。

这世上，谁都知道自己最后是要死的呀！　只是没想到他会那么早，其实，他死后不到一年，那铁路就修好了，现在都开始通车了，他若是没出事，就再也不会出事了……古丽仍是有些混沌的样子，丝毫没有听出红嫂的潜台词。　她的简单与迟钝，像是未开口的刀似的。

红嫂沉默了一会儿，她想到了工程队寄给她的一笔钱。那可是个大数目，她至今不敢跟镇上的任何人说出真实的数目，就像她至今不愿跟人谈论陈寅冬的死亡，因为，那听上去多么不真实呀！　她想象中的死亡应当有病床与药罐，有尸体与寿衣，有守灵夜与坟头草。　可是丈夫呢，他这个死可真是别出心裁呀，只有一张薄薄的电报，来自人们从未到过的地方，一张电报把他的死全部概括进去了，随后跟着的是一大笔款子——陈寅冬被枕木砸扁的身体好像并没有被埋进那片荒凉的沙地，而是变成了一张汇款单，变成了汇款单之后的一张张票子，千里迢迢地慢慢地随着魂魄飞回故里。

红嫂想起来，在陈寅冬的最后一个春节里，在床上，他曾经跟红嫂说过一句莫名其妙的话：无论我做什么，你都要体谅我。　一切都是为你们几个好，为了你们将来好。

这话听上去有些拗口，而且陈寅冬一贯沉默寡言、不善表达，夫妻二人之间也一向温和平静，这话就令红嫂很是惊异了，她有违妇人之道地主动搂起陈寅冬，钻进他孱弱的胸膛，却突然感到耳根处多了几滴眼水。 是陈寅冬流泪了。

当时的情景在陈寅冬死后一再出现，像是陈寅冬以一种特别的方式在对红嫂耳语：一切都是为了你们好，为了你们将来好。 红嫂心有所感，疑惑与哀痛之情如惊涛拍岸：他为什么要这样呀？ 没有那笔抚恤金不也能照样过日子吗？ 当然这话她从未向任何人提及，或许也是因为缺乏更多的佐证。

可是，现在，此刻，这个女人以及她所带来的讯息，无疑再一次印证了红嫂此前的猜想——不是枕木在瞄准陈寅冬，而是陈寅冬在瞄准枕木。 这是一次蓄意的死亡。

一阵复杂的滋味向红嫂袭来——一来，她的某种猜测得到了印证，但与此同时，又有了新的发现，陈寅冬口中所指的"你们"并不仅仅指的是红嫂和青青，还有眼前的这个女人和那个男孩子。 而正是这四个人，这矛盾而现实的存在，这无法兼得的两端，以及不可调和的将来，促使丈夫选择了与枕木的拥抱。

在红嫂的沉默之中，古丽又往下接着她的叙说：我没能看到陈寅冬的身体，说是脸被砸得太烂，他们匆匆忙忙地就把寅冬的后事给办了，我连最后一面都没见到……我哭了一个星期，后来就不哭了，日子还要过呀，达吾提还得养活呀……我还是跟在工程队后面替他们缝缝补补、烧烧洗洗，替我和儿子挣些生活费……不过，这样的日子也没过长，还不到一年吧，那条铁路就修好了，工程队就散了，他们一下子就全走了……我怎么办呢，我能到哪里去呢，这样子能再嫁人吗？ 嫁了人达吾提还会有好日子过吗？ 这样，我便找出他给我的地址了……我想我就来吧，就在他的家里跟你一块儿过日子吧……即使这辈子，人们都会说我是小老婆，说达吾提是个私生子……可是，这是他说过的，叫我们到您这里来……

古丽一口气说完了，这似乎是她所能说出的全部解释，现在她嘴里空空荡荡，再没什么好说的了。 天上为什么飘来一朵云，地上为什么少了一只羊，一切不都是清清楚楚的吗？ 她看看红嫂，等待后者的答复。

红嫂不看她，也不回答，她在看着达吾提。 达吾提这孩子累坏了，这会儿正趴在桌上打瞌睡，他的脸被胳膊压得有些变形，薄薄的嘴唇边，一条清亮的口水在渐渐浓重起来的暮色中缓缓拉长，最终滴到地面上，形成一个铜钱大小的水迹。

古丽这次明白了红嫂的潜台词，她顺着红嫂的目光也看着达吾提：是的，这孩子不像陈寅冬，一丁点儿都不像，他甚至都不太像我，真奇怪，他像我二哥……我二哥就是这样，白皮子，卷头发，凹眼睛……

那么，我凭什么相信你呢？ 相信你是陈寅冬的女人，相信这孩子是陈寅冬的血肉？

古丽想了想，忽然不合时宜地微微一笑，像荒凉山坡中开出的一朵山茶。 她走到红嫂身边，把嘴巴凑到红嫂耳边，她轻轻说了一句：他在床上，喜欢用脚……

　　站在门边的青青尽量地张开耳朵，可是真可惜，她连一个字都没有听到。 但这句话显然极为重要，她看到，红嫂突然松弛下来，并轻轻地搂住古丽，两个女人为了一个共同的秘密而同时笑起来，笑得都有些暧昧了，到最后，又变得像哭一样。

　　凭着这句话，红嫂认定古丽的确是陈寅冬的人，而达吾提，是个长得不太像父亲的孩子。

　　4.红嫂真的留下了古丽和达吾提。

　　清晨稀薄的空气里，镇上的人们在简短的相互招呼过后，互相谈论起事件的这个结果，像是谈论起昨夜的一个共同的梦境，梦里，他们想象着古丽和男孩在这个小镇上今后的日子。 古丽进入了小镇的梦，这也许是某种标志：她现在不再是外乡人了。

　　好奇心继续存在着，宽容却同样在生长，大多数人故意忽略掉男孩可疑的容貌和值得推敲的身世，同时，对红嫂的大度表现出由衷的满意。 人心都是肉长的呀，哪能真的就让古丽和那男孩再回到大西北去呢，他们不投奔这小镇，还能投奔哪里呢？

　　当然，有人想到了经济的问题。 原先，红嫂是靠陈寅冬的工资养活的，陈寅冬去世之后，红嫂就出来做起了小营生，主要是走街串巷地卖小吃物，冬天卖汤团，春秋包饺子馄饨，夏天是酸梅汤果子露……这种小买卖，红嫂和青青两个是够吃了，这下，再添出两个人丁来，恐怕就拮据了吧……念及红嫂这么些年的贤德，人们不免又替她感到委屈，她这一辈子，哪里享过什么福呢，小时候没个父母疼爱，成家了基本就是长年守活寡，守到最后，倒成了真正的寡妇，这都五十多岁的人了，临了，却还要替陈寅冬的小老婆私生子操心……

但也有人提出了不同的看法，认为这事对红嫂来说未尝不是件好事。您想啊，那青青终归是要出嫁的，而这红嫂，眼看着也就是要衰老的，天上掉下个古丽和男孩，不是给她轻轻松松就旺了人丁、添了子嗣吗！再说了，人，生来是吃饭的不错，同样，也是能挣钱的呀，那古丽，哪会真的就来白吃白喝呢，红嫂呀，也算是多年的苦债换来个善终……

这些贴心贴肺的话自然传到了红嫂的耳里——这是镇上人们的美德，人们酷爱窃窃私语，同时也愿意把善意加以放大和传播。

红嫂对此不置一词，也未表现任何伤感、忧虑或沾沾自喜。担着吃食筐子，走在无人的小巷，她会对着虚空露出会心一笑。她是想到了那笔秘密的抚恤款子，到现在，她都还没动过一分一毫呢，她把它们放在那里，放在一个干燥妥帖的角落……只要有了那笔款子在垫底，她也就不怕了，就有退路了。她相信她能带着三个人过得好好的，不动用陈寅冬一分钱；而只要这笔款子没动，红嫂就感到心定神安，好像陈寅冬还在某个地方待着似的，他只是不再回来过春节而已……

红嫂的背影在巷子里被斜照过来的阳光拉长，一直拉到墙上，像是一张变形的面饼或是一片云彩的意象——这个妇人关于陈寅冬的想象也同样具有某些后现代的意味。是啊，谁知道呢，谁见过陈寅冬的尸首呢？连古丽都没见到，谁说他就是真的死了？也许他就是没有死，他只是用这种死的方式，活在某个地方，他希望由于他的消失，能够促成一个家庭的壮大，能够让红嫂与古丽、青青与达吾提在同一个屋顶下吃食与睡眠。他活着的时候，没有父母、兄弟、姐妹；但他死后，他有了一个兴旺的宅子，他有两位太太，有一对儿女，他异乡的坟上将会青草丛生、小鸟啾啾，如果能够这样，谁又能说他是真的死了呢？

二

1.进入腊月了，镇上的人们喜欢在这种季节吃汤团，红嫂的生意好像更加好了一点似的。人们在买东西时会跟她搭讪几句，他们主要会询问关于古丽的事情，古丽彩色的头巾在这个镇上总不免令人浮想联翩。同时，对于她与陈寅冬的故事，其开始与结局，情节与细节，他们就像现今的记者一样，总会有着孜孜以求的兴趣。

红嫂称着汤团，找着零钱，一边笑起来：你们不都看到了嘛，就是那样的呗……

红嫂对这些一再重复的问题极有耐心，但她很少进行详细的解说，她发现，古丽的故事简直像是汤团里的馅，不确定、被包裹、回味无穷……让人们在想象中垂涎欲滴，而这对一个吃食摊子来说，难道不是一笔挺可爱的财富吗？当然，红嫂其实并没有什么商业头脑，但她有直觉，她几乎是下意识地，富有技巧却又浑然天成地保护着古丽的神秘性；为了不让人们扫兴，她又会善解人意地指指汤团：喏，这可是古丽帮我揉的面，古丽帮我包的馅儿……

哦，真的呀！人们好像因此得到了些许安慰，于是心满意足地提了汤团回去，在晚餐的桌子上，男人会端详着汤匙里白胖的汤团，想象着古丽的手掌正在一遍一遍地搓动，从而感受到一种不可言传的快乐。

2.是啊，红嫂并没有骗他们。晚上，红嫂总会带着一家人和馅儿、搓团子。她踮起脚把油灯高高地放到灶顶上，这样整个屋子都能亮堂了。

光来自高处，桌椅的阴影因此显得小了，但人脸上的阴影却变得大了，古丽的睫毛像刷子似的投在她的脸上，青青的刘海儿则像帘子，她的眼睛躲在帘子后面，悄悄地盯着古丽，并把古丽与母亲红嫂做着对比。女人与女人之间的巨大差异总让这少女心有所动，继而联想到另一个世界的父亲，在他的眼里，红嫂与古丽又各是怎样的角色与位置？

　　夜晚有些凉了，屋子里却充满着令人沉醉的香甜气，糯米、豆沙、芝麻，它们像比赛似的各自散发出醇厚的味道。每到这样的时候，达吾提就会像一只蜜蜂似的，在屋子里绕着圈子转来转去，拖着蝙蝠般扁扁的影子。他把头伸到红豆沙的盆子里，他把鼻子凑近芝麻的木臼里，贪婪地无休止地闻着。或者，他会闭着眼睛，拿起一个又一个包好的汤团，凑近鼻子闻一下，然后宣布是豆沙馅还是芝麻馅。他的鼻子花瓣一样紧紧皱起，完全沉迷在这不断重复的简单游戏中。

　　达吾提的鼻子属狗。古丽仰起头对红嫂说，这是一场聊天的开场白。这样刮着风的夜晚，总是古丽第一个打破沉默，像在夜里划亮第一根火柴。

　　古丽一开口，红嫂总是突然一怔，她看看对面的古丽，会在一瞬间感到迷茫和不解：这女人是谁呀，怎么坐在我家里呢？这世上，除了女儿青青，怎么还有别的人在这里？到底是五十岁的人了，在一天的走街串巷之后，她是有些困倦了，以致出现了短暂的失忆与幻觉。当然，她很快就清醒了。

　　达吾提的鼻子真是狗鼻子呢！古丽接着往下说。从小就是，别人是用眼睛认路，他好像是用鼻子，到哪儿都会在各处角落各样家什上嗅嗅，木头味儿，丝绸味儿，柴火味儿，轮胎味儿，生瓜与熟瓜的味儿，甜葡萄与生葡萄的味儿……那时在工程队，一大堆男人里面，他就是能闭着眼睛把寅冬给挑出来，他总说，每个人的味儿都不一样，闻一闻就知道了。 男人和女人，老人和小孩，好人和坏人，都各有各的味道，他一闻就能闻出来……

红嫂笑起来，困倦都去了一半似的，她看看那孩子，手里握着两个汤团，头却已耷下来，睡着了。 青青于是赶紧洗洗手，把达吾提提到里屋的床上去了。

屋子里现在只剩下红嫂和古丽了。 即使是晚上，后者还是穿着齐整的长裙。 她从西北带来的那个包袱，像是个无穷无尽的宝囊似的，腰带与头巾，披肩与下围，总会被她别出心裁地变出令人眼前一亮的装束，像个女魔术师似的……她偶尔会走上街头，左顾右盼地东张西望，婀娜的背影像冬季盛开的桃花。 但是，在一个陌生的小镇，在她所投奔和寄居的人家家里，她难道不应该表现得沉郁一些吗？ 比如，她应当唯唯诺诺，她应当低头而行，她应当谨慎地只穿深色衣衫……当然，议论归议论，人们并不真的希望古丽那样，对于超出常理与常识的事，人们保持着矛盾的心态，一方面，他们指指点点，另一方面，他们有所期盼和鼓励，甚至在暗地里十分激赏。

红嫂看看古丽，再看看自己。 她像青青一样，不是用自己的眼睛，而是用陈寅冬的眼睛。 难怪呀，年纪、容貌、衣饰、性情，她跟古丽怎堪一比？ 陈寅冬怎么可能不喜欢上古丽？ 甚至，红嫂现在都有些不确定了，有了这么一个古丽，陈寅冬后来是否还在喜欢她呢……

红嫂回忆起她跟陈寅冬的婚后生活，是否有过如胶似漆的时光？尽管聚少离多，但每次的团聚并不总是激动人心的，陈寅冬似乎并不特别热衷床帏之事，他身量不高，亦谈不上强壮，他似乎有一种与生俱来的抑郁与忧戚，他经常在半夜突然醒来，然后坐在黑暗中的床头一言不发。

红嫂对他甚为恭敬，即使是夫妻，他对她而言仍有着某种程度上的神秘——他长年在外，过着与镇上人完全不同的日子，对菜肴，他有一些特别的口味，谈话中，他有时会说出那个地方的口头语。有时，红嫂会觉得陈寅冬是个陌生的男人，他们在床上亲热，相互摸索着寻找方位与节奏，全无默契，更谈不上放松与放纵。那么，是否这其实就是一种迹象，是他对古丽心有所绊的迹象？

对这些事情，红嫂从前似乎都没有如此明白地想过，不知为何，在这样的晚上，看着面前这样的古丽，红嫂忽然体味到一种迟来的感悟——她这一辈子，或许真是前所未有的荒凉吧，唯一的男人，即使只是在那些短暂的春节假期里，他也没有真正地在疼爱她。包括他的死，他通过死所换来的抚恤金，或许更多的也只是为了古丽和那个男孩呢。

按理，明白并接受这样一个现实应当是悲痛和委屈的吧，可是真奇怪，红嫂也并没有感到特别心酸，她只是微微叹口气而已——本来嘛，对她来说，陈寅冬死与不死，不都是一回事儿！他活着，也只活在古丽那里，对红嫂来说，相当于是死了；他死了，对她红嫂而言，仍跟从前一样，他活在那里，她活在这里，她并没有特别少掉什么……

红嫂发现自己笑了，在高处灯火的影子下，她在心底笑了：陈寅冬的死，怎么就变成了一件若有若无的事呢？

3.每个晚上，都是青青把打着盹的达吾提抱上床。小男孩的身体热乎乎、沉甸甸的，血液在皮肤下穿行，眼皮微微半张，有着麻雀般的敏感与软弱。青青的身量和气力足够抱起男孩，却又总觉得使不上力气，反倒显得有些笨手笨脚。

她用脚推开古丽和达吾提的房间的门，老式的床宽大而陈旧，发黄的蚊帐如眼帘低垂。她把达吾提一直送到床最里边贴墙的地方，为了防止达吾提着凉，青青又爬上去，细心地在靠墙处放上一块垫子。她的身体从达吾提身上越过去——而每每都是这样的时刻，达吾提突然睁开眼睛，他醒了。他的眼睛正对着青青的上半身。

怎么的？青青连忙缩回来，跪坐在大床的外口。

我闻见你了。

什么？青青有些羞恼，但达吾提的眼睛那么清亮，干干净净的，让她都没法作恼，也不知要说些什么才好。

但她其实并不要说什么，达吾提像在做梦一样地一串串往外说着呢：我闻见你了。你身上有各种各样的味道。木桶。麻绳。竹竿。皂角。水草。豆子。灶火。

青青这下子笑起来，可不是呢，她这一天里，一大早就用木桶到河里挑水，然后用皂角洗衣裳，晾到竹竿上。下午，跟红嫂一起搓了会儿麻绳，晚上，又把红豆沙给漂洗了几遍，然后在锅里煨上了……

小东西，瞎说！ 这哪里是你闻见的？ 这一天里，我到过什么地方，做了些什么，你不都像个小尾巴似的跟在后面……能说出这些来有什么稀奇！

这是第一层的味道。 还有第二层呢……达吾提说着重新闭上眼，像走入了一个梦中的花园。 你的头发是芝麻味。你的眼睛是露水味。 你的嘴巴是……是……

达吾提皱起眉头，好像迷了路，他慢慢地抬起身，把他的鼻子靠近青青的嘴唇，在那里停了停，蹭了蹭，然后才接着说：你的嘴巴是番茄味儿。

青青被达吾提方才的动作给呆住了，她噤在那里，甚至都没有听清达吾提所说的那些味道……达吾提的鼻子凉凉的，那冷而湿润的感觉仍停留在她的唇上，她几乎感觉到那就是一个吻，一个不成形的小男孩的亲吻，带着某种同情与体谅似的。

青青舔舔自己的嘴唇，不知为什么，泪突然流下来，青青的青春期就这样被达吾提的鼻子唤醒了，她的胸脯在瞬间鼓胀起来，那是陌生的呼唤与刺激，她感到说不清楚的寂寞与疼痛。

她仍旧跪在床上，而达吾提，似乎重新睡过去了，均匀的呼吸轻轻拂过黑暗中的空气，有着小野兽般的天真劲儿和热乎劲儿，像是一种闻不见的芳香。

4.到了黄昏，小街小巷里的寒风就更甚了，刮在人脸上，像是小柳条在抽打似的，担着有些累赘的筐子走在风里，感觉就有些凄苦了，但红嫂并不在意，她认为吃苦是天生的，是必须的。 酸胀的腰背、变质的剩饭剩菜、缝补得不像样子的内衣、总是会倒饬烟的灶台，以及冬天寒风的这种刺冷——生活中处处充满不适，这不适反倒让她感到某种安全和踏实。

有时，红嫂在寒风里都一直走到天快黑了，每条巷子都走过两遍了，仍会剩下一些汤团，红嫂倒也不恼，便趁机带回家去做晚饭吃。

每到这样的时候，古丽总是最高兴的，她会早早地把米桂花、白绵糖一起摆到桌上，又找出配套的瓷碗和瓷勺，然后才掀开热气腾腾的锅盖，给每只碗都盛上六个汤团，摆成梅花的模样。 接着，她会第一个捧起碗，舀出一个囫囵着放进嘴中，闭上眼睛慢慢地咬破皮子，用舌头把芝麻和糯米搅在一起，然后重新咀嚼，唇齿间发出轻微的咂摸声，再慢慢地咽下去，体味它们在喉咙中停滞和下滑的滋味……

就像来到镇上的第一天一样，古丽吃东西的模样总是如此沉醉、心无旁骛，让红嫂和青青甚为惊异。 不仅仅是这些有馅的汤团，就是用剩下的糯米屑子搓成的实心小元宵，面条锅里的面汤，用咸菜帮子和一些肉杂碎做成的浇头，她都会有滋有味、全心全意地投入享用……

对吃是如此，对睡眠、穿衣亦是有过之而无不及。 每个早晨，她都会狠狠地一直睡到日上树梢，在被窝里伸长长的懒腰，把被子都伸得拱起来，然后大声叹息着对一夜无梦表示满足。 然后，她精心地把那些裙子摊到床边，一边对着屋子里那缺了一角的镜子反复比画，一边伸出头去问青青外面的天气，如果太阳很好，她就穿橙色的，如果有些阴，她穿绿色的，如果有小鸟叫了，她就穿带大花儿的……她对生活的每一刻都特别经心，带着感恩与珍重，一定要别出心裁，让所有的人都高兴似的……

青青，这依然生涩、含苞未放的少女。 红嫂，这饱受苦难、几乎不知何为生之乐趣的母亲。 古丽的奔放与热烈带给她们的到底是什么呀！

——无疑，青青从不掩饰她对古丽的崇拜，她总是悄没声息地盯着古丽，随时准备替她接接拿拿，随时准备应答她各种各样的感叹或提问，少女依然穿着从前的旧衣裳，梳着从前的独辫子，走起路来微微地有些含胸，可是，青青，真的有什么地方跟从前有些不一样了。 就像一个孩子，读过书与没读过书的那种差别。 古丽就是青青的启蒙老师，正是在古丽明媚的背影之后，青青的性别意识开始了苏醒，对风月有了一知半解的领会，对神情、体态有了自觉的把握与训练……

至于红嫂，一下子很难说得清楚。 她本来以为自己是要生气的，特别是要生陈寅冬的气，他为什么会喜欢上这样的女人呢，简直是自己的反面，她吃没吃相、睡没睡相，缺乏起码的妇道礼数……可是细想想，又说不出古丽具体的什么不好来，后者总是那么欢天喜地的，带着股大大咧咧的孩子气似的……看着她像蜜桃一样的身体，连红嫂都有些愉悦起来，瞧瞧自己，这裂了口子的手指头，眼睛下深褐色的眼袋，在头顶上闪闪烁烁的白发……唉，有些人，就是要像古丽那样活的，享乐、精致、风流；而另一些人，则是像自己这样活的，克己、粗糙、本分。在古丽面前，她一方面有着道德和良心上的优越感，但同时，也有着对另一种风流生活进行张望和入侵的欲望。

这样，等达吾提和青青睡下之后，红嫂会主动跟古丽说起话来，寒夜漫漫，她们没有男人，只有时间，可她们又能靠什么来打发时间呢？

红嫂不动声色地聊起一些闲话，周密地一步步把话题往隐秘处推进。不过，红嫂大可不必如此花费心机，古丽哪里需要她引导呢，她几乎是径直地就往红嫂最想听的地方去了。

唉。红嫂，要说起来，陈寅冬更在乎的可能还是您呢！比方说吧，好好地正趴在我身上呢，他会突然就叹起气来，把眼睛往黑乎乎的窗外看，不知要看到哪里似的，整个人都萎下去了……

怎么可能呢！怎么可能呢！红嫂不必要地大声分辩起来。她认为古丽这是在安慰她。况且，就算古丽说的是真的，红嫂意外地发现，她对此也并不感到多少的高兴——奇怪吧，她并不真的在乎陈寅冬更喜欢谁。喜欢人家古丽，那是对的是正常的；喜欢她红嫂，那就叫她不踏实以至不舒服了……

其实吧，我有对不起陈寅冬的地方，谁叫他有两个老婆呢，他能有两个老婆，我就不能有两个男人吗是不是？

这么说，你还有另外一个……红嫂趣味盎然，她很高兴古丽转移了话题。古丽的这个理论显然是经不起推敲的，要在白天，红嫂都会吐唾沫的，可是怪了，现在，红嫂就觉得古丽说得有道理，她做得更有道理。

是啊，每年，我也会离开工程队一阵子，赶几十里路回家里看看父母，一方面是看父母，另一方面当然是看他……他呀，可比咱们陈寅冬厉害多了，每次都让我受不了了呢、撑死了呢，我都全身发抖了呢……不像咱们陈寅冬，他身量小，气又短，到后来就只能用脚了，他就爱把脚指头当家伙使……古丽的用语粗俗而直接，神情却坦诚而大方，像是仅仅在谈论一顿美食或一段面料似的。所以说呀，红嫂，您看看，在这个世上，让人舒服的东西可真多呀，好饭好菜，好衣好裳，好觉好睡，哪一样我都喜欢极了，特别是睡觉的事呀，一个人睡有一个人睡的甜，两个人睡有两个人睡的美，我哪一样都爱死了，爱到骨子里去了……

昏暗的油灯有效地替红嫂遮住了她一再腾起的红晕，她多喜欢听古丽这么说话呀，她还从来没听人这样说过话呢，她还从来没想过这些事儿呢……好像就是从古丽这里，她才肯承认，对呀，原来，那也是件舒服的事儿呢……不过，她在陈寅冬那里感到过舒服了吗？难道那过去的几十年，她竟一直是无知无觉的吗？就连陈寅冬喜欢用脚的这一习惯，她也没有去多想……那些春节，外面有着呼呼的风，陈寅冬忽然从她身上软下来，然后，像是例行仪式似的，他举起脚来，从上到下地抚摸着她，最后，停在那里……这回忆如此清晰，宛若仍在床榻，最令红嫂沉湎不已的是，她想到，那陈寅冬，对古丽，竟也是这样的呢……一个喜欢用脚的男人，她们的男人……

三

1.红嫂原以为古丽可以像她一样，满足于每晚的回忆与叙述，并且，她们可以依靠这回忆共同过活，她进入老年，而古丽进入中年。事实上，春天来了之后，红嫂发现：她可能错了。古丽，在骨子，就是跟她不一样的女人，这不是谁更好谁更坏的问题，只是，彼此不同。

是啊，春天来了，东坝小镇的春天带有明目张胆的鼓动性，互相攀比着似的，这里绿了，那里红了，空气里都燥燥的，让人感到口渴和焦灼，非要干点什么事似的。这跟古丽的家乡是全然不同了，古丽一下子就被打昏了，她再也坐不住了。

她积极地几次三番地向红嫂要求，由她出去卖吃食，再不出门走走，她就要"霉掉了""烂掉了"。

红嫂看看古丽，后者已经换上春季的衣服了，一方面显得单薄了，另一方面又更加丰满了，红嫂几乎看得欢喜起来，有心要放她出去走走，但又总觉得哪里不大妥当，好像这话一答应下来，就是同时还应承了别的什么似的。

青青在一边看着，想替古丽说情，开了口却又是站在红嫂这边的样子：妈，你都五十多了，再出去跑来跑去，吃不消吧。正好，也让古丽熟悉熟悉，这镇上，她走得还没达吾提多呢！

红嫂扶扶自己的腰，好像突然间就疲惫了起来，这疲惫来得有些违心，又有些存心，总之，她想现在是应当累了，该回到屋子里了，那外面的天地，就给古丽去飘摇吧。

因是春季，这时候，红嫂做的小吃食不再是汤团了，改成炸麻团和咸花卷了，春天日头长，人们走着走着，很容易就会饿了，如果正好迎面碰上个吃食担子，他们就会买上几个，一路慢慢地走着也就吃光了。

古丽对巷子着实不大熟，走起来有些犹犹疑疑、左顾右盼的，这就跟镇上妇女们大步流星的样子大不同了，人们在后面看了，在侧面看了，在前面看了，都感到一种与众不同的好，他们不免就停下来，喊住古丽，慢慢吞吞地挑上几个包子，慢慢吞吞地掏钱。他们喜欢听古丽说话，因为古丽的话听上去别扭、拗口，他们还注意到古丽鼻尖上的小汗珠，以及她头上随便别上的一朵蔷薇花。 她在他们眼中，要比手中的吃食更要耐人寻味。

古丽的生意当然是出奇的好了，比红嫂从前卖出的要多出一倍，还没等红嫂来得及高兴，好好数数那些多出来的钱，古丽就自作主张地开始花钱了。

经过小百货店，她会进去看看，路过布店，停下来东摸西看，经过鞋铺，她又会倚在人家的门前，问这问那。 然后，回家的时候，她会一五一十眉飞色舞地重现她所看到听到想到的一切，并且，她的担子里还会多了些别的东西，塑料拖鞋、发亮的发卡、彩色的虾片、能吹出泡泡的糖——不用说，这些新奇玩意儿本身是有着令人激动的魔力的，而且，古丽的行事方式又增加了这种魔力性。 比如，她买东西完全没有规律，她并不是每天带，或是隔天带。 当大家满心以为她今天是要买什么了，她却空着手回来了；而当大家没指望的时候，她却突然把篮子伸到大家面前。 古丽还喜欢把那些新玩意儿藏在篮子的布幔下，然后，让他们摸。 让达吾提猜颜色，让青青猜是吃的、用的还是玩儿的，最后让红嫂猜：这礼物是买给谁的。

——对于古丽突然爆发出来的购买欲，红嫂是拦都来不及拦了，也是拦不住了，脚在她身上，钱在她身上，这可真是糟透了！ 红嫂虚张声势地在心中感叹：她这辈子都没有这样大手大脚花过钱呀，这镇上也没人这样不要命了似的花钱吧！ 镇上的习惯和风气是这样的：如果能赚上五块钱，一定只能过五毛钱的日子，或者更低，一毛都不花才好，要低于能力，要低于环境，要低于需要，那才是正经过日子的道理，可看古丽这样子，分明是不想过了！

感叹归感叹，生气归生气，红嫂心里却明白得很，她不是真的生气，她不是还有陈寅冬的那笔钱在垫底嘛！就是古丽一分钱都赚不到又怎么样，他们四个人照样可以过得舒舒服服的不是吗……这样想想，红嫂就真的定下心来，她只是假装舍不得、假装懊恼，可其实呢，在她心底里，却跟青青和达吾提一样每天都等着盼着古丽从外面回来……

再说，古丽其实也没有花很多的钱呀，但真的，每样东西都让大家叹为观止，生活好像因此多了无穷无尽的乐趣似的！您说，买回来总不能不用吧！那才是真的作孽呢！红嫂于是起了油锅，炸虾片，眼睁睁看着单薄的虾片突然弯卷着像笑脸一样膨胀开来。她穿上了平生第一件的确良褂子，她还试了试青青的红色塑料拖鞋，并偷偷地把达吾提的泡泡糖揪下一块放到嘴里……

黏黏的泡泡糖让红嫂惊讶得差点吞下肚里，她慌张而笨拙地从嘴里抠出来，笑话起自己这个乡下女人，她弯下腰尽量不出声地笑着，竟笑出了眼泪，她伸出粗得有些糙人的手抹去泪珠，接着，她真的流起泪来——这迟来的乐趣呀，如此细小、真实，可是，又残酷地让她意识她前面那些年月的孤独与虚度。

当然，从前的日子跟陈寅冬无关，怪不得他，但眼下的日子，也许倒要谢谢陈寅冬，是他在那遥远的地方结识了古丽，是他通过死亡把古丽带到这个镇上，带到她的身边，陪伴她即将开始的老年。

2.达吾提吃得很多，睡得也很好，但他的个子却一直不长，好像就准备永远停在那个高度，也许是因为他走动得太多——从仲春直到初夏，他总像是丢了什么东西似的，逼着青青带着他到外面游游荡荡。他抽着他的鼻子，像一只肩负神秘使命的小狗，在清晨，在正午，在迟暮，一天中的不同时分。在阴沟边，在桃林里，在石灰厂，在屠户的案板边，在织布厂前，在邮筒边，在小镇的不同地点，他都会流连忘返，逗留不去，一边专注、努力地抽动鼻子，像人们深情地凝视某处即将永别的地方。

青青有时会走在他的身后，不过，她跟达吾提的趣味全然不同。这个春天，青青是完全发育了，心理上的发育。她开始懂得轻轻垂下眼皮，开始晓得自己胸脯的美，开始知道微微提起臀部——大多数时候，她是在不自觉地模仿古丽，因此她需要走到巷子里，在没有人看见的地方好好练习。她满心期望着，不久以后，她会成为一个跟古丽一样漂亮的女人，有着一个跟达吾提一样的孩子……

达吾提，你看我好看吗？青青想起古丽头上的花来，她摘下一朵那种同样粉红的蔷薇，同样地别在头上同一个位置，她偏过头去问达吾提。

达吾提从某种专注中勉强地拉回自己，他眯着眼看青青，眼睛越眯越小，像有阳光钻进去了似的。最终，他还是走近过来，把鼻子凑到青青身上，他闻了闻，然后才说：好看，香。

那比你妈妈呢？青青这是有些贪心了。

达吾提严肃地看看青青，他虽睁大眼睛，却视若无物，然后不置可否地又转回身研究他的味道去了。

青青把花取下来在手里握住，她忽然想起方才达吾提的眼睛，他为什么要眯那么小呢？并且，她想起来，这段时间，他总是这样，当他无所事事时，他会睁大双眼，却有些空洞。但当他想看看什么时，却会越来越小地眯起，脑袋向一边歪过去，吃力而别扭……这里面，有什么问题吗？

3.在这家新开张的裁缝店前，古丽迷路了。因为迷路，她认识了张玉才。

事实上，这段时间，这镇上的巷子她来来回回已走了不知多少遍了，但古丽不记路，因为她每天走的路线都不太一样，她不是根据居民区的分布来决定路线，而是看哪里好玩了、没见过、没来过，她就停下了，看一看，然后歪打正着地，摸索着找到回去的路。

让古丽迷路的这家裁缝店，大得超出镇上所有人的想象，缝纫机是一溜排开的，"咔嚓咔嚓"，声音此起彼伏，好听得很。厅堂上方的绳子上挂着有女人的春秋衫、格子裙，男人的中山装、列宁装，甚至还有一套白色的西装，气派极了。 就连两个小伙计，都穿着一式一样的对襟褂，脖子里搭根软尺，看人喜欢从下到上，打量一圈，像用眼睛在掐尺寸似的。 古丽把担子放在门口，走进去摸摸那些料子，看看那些样式，简直喜欢死这家店铺了。

她磨磨蹭蹭地看了又看，终于想到放在门口的吃食担子，这才不得不提脚走了出去。 这一出门，发现天色已经不早了，看看担子里还有不少花卷呢，有些急了，见路就走，东拐西拐，这样走了一大圈，发现自己竟又回到了裁缝店前。 古丽倒也不慌，她想了想，换个方向继续走，可是事情真是怪了，好像注定她今天就得结识上张玉才似的。 她走了第二圈，似乎走得很远，都要到镇子边上了，可一抬头，瞧，这不还是那家新开的裁缝店嘛！

天色真是一层层暗下来了，古丽看看担子里的花卷，虽说没剩几个，可这于她，可还是没有过的事哩，竟然会卖不完！ 而且还找不着路了，天天走的小镇，连问人都不好意思开口！

古丽有些恼了，恼自己，恼这些花卷，还恼那家裁缝店，她四处看看，正不知怎么开口问人呢，张玉才却主动走上来了。

古丽，我都跟你走了两大圈了，你兜来兜去到底是要到哪里去？ 张玉才身量不算高，却挺干净，棉毛衫外面翻出白衬衫的领子。

这镇上的人，在称呼上一直让古丽很不习惯。如是很熟悉的人，他们会喊成亲戚似的：什么婶，什么叔，什么姑，什么爷。如果是不认识的呢，他们一律喊：哎！对于古丽，他们把她划归到后者。

哎，买四只豆沙麻团。哎，你帮我换个零钱吧。哎，你家那小男孩几岁了。

可是，"古丽"！这个小青年竟这样喊自己。像一个男同学在喊一个女同学，像是认识了很长时间似的。再看看他的干净模样，想想他竟然不声不响地跟了自己两圈。古丽忽然觉得自己整个人都活泛起来，松动起来。

你管我想到哪里去呢，你跟着做什么？古丽有心想让他带个路，嘴上却是不饶人。要说跟男人耍嘴逗趣，她一向是擅长的，从前在工程队，那些姑娘个个泼辣、能说会道，要不然也不敢到男人堆里讨生活，她在其中也算是个佼佼者。只是自从陈寅冬死了，自从来到这个小镇，因为背景与环境的变化，她竟有些疏于此道了，这会儿见了张玉才，那本领倒一下子复活了。

那么，是我搞错了，以为你迷了方向。再说我看天色晚了，也怕你一个人不太安全。张玉才话虽说得体己，神情却是不卑不亢。

这一来一往，就知道对方的深浅了。想不到这个年纪轻轻的小伙子，竟也有这样的胆识。到这个镇上以来，还从来没有人跟古丽这样说过话呢——有趣味，有分寸，有想头！

从古典气息浓郁的"东坝"系列，
到人性"暗疾"的灰色书写，
再到《荷尔蒙夜谈》，
始终站在中国小说艺术的前沿。

笔落之处，终有更深的孤独抵达。

我慢吞吞地，好脾气地、
全无功利之心地
磨我的小说之刀，
并让它锋利得温柔起来，
可以亲吻最软弱的心。

我在世界找我。

　　两个人一边说着话，一边就往前走了，自然，是张玉才略略走在前面带路。

　　走了一程，张玉才忽地想起什么似的，侧过身掀开古丽筐子上的布，看到里面还有几个花卷，于是，伸手在身上摸摸，掏出一毛钱来：正好，我全买了吧。

　　古丽这下是真的有所触动了，这个张玉才，何止是有趣，心思还这样细巧，这样贴心！

　　送到红嫂家，青青跟达吾提早就站在屋檐下心神不宁地张望了，古丽一到，他们全都如获至宝地叫起来，连红嫂都从屋子里搓着手出来，毕竟，古丽还从没回来过这么晚。

　　古丽顾不上理会红嫂的询问，又把扑到怀里的达吾提拉开，她忙不迭地要招待她在这镇上的第一个客人。 喝茶。请坐。 请进来。 噢，这是红嫂，你认识的吧？ 她的招待明显有些失了秩序。

　　张玉才却还是那么定定心心的，站在那里，他听着古丽把红嫂、青青和达吾提一一介绍完，笑吟吟地点点头，才不急不忙地招呼一声告辞走了，竟是连门都没有进的，他举举手中的花卷：我也要回去吃晚饭呢！

　　一家人就这样被丢在门口，有些眼睁睁的样子看着他走了。 张玉才的背影在暮色中一会儿就看不清了，只有达吾提还在嗅鼻子，并显出若有所思的样子。

　　这以后，古丽跟张玉才就算是熟人算是朋友了。 说也好玩，不认识的时候，大街上所有的脸都一样，古丽好像从没有在巷子里见过他。 认识之后，他的脸总是老远就会从人群中浮出来，几乎天天都要碰面了。

古丽慢慢知道，张玉才可是正经的初中毕业生，因为读过书，家里人又有些脸面，正托人找了个老会计在学打算盘做账，看样子，以后是要做会计了。 会计，这在小镇上，跟老师和医生一样，最是受人尊敬的行当。 张玉才想来也是知道这一点的，他的神情之中因此比一般的人又多了几分自信，更添了他与众不同的一点气魄。

认识张玉才之后，古丽倒好像是天天都要迷路了，反正她心里有底，到了黄昏，总会碰上他——或者是他在找她呢！ 古丽只当不知道，她好像习以为常般，一边说说闲话，一边跟着他走，从小巷走，从人家的屋子后面走，从河道边走，从小桃林里走，也不知是抄了近路还是绕得更远。

张玉才经常一边说话，一边回过头频频看古丽，带着突如其来的激动凝视她微凹的眼睛。 这样的时候——走在张玉才身后，走在这样僻静的小道上，感受张玉才的频频回头，古丽总是很快活的。 她想，这便是日子里的好滋味呀，跟吃好东西、睡好觉是一样的……至于今后跟张玉才如何如何，她从来不想，一秒钟都不想，想了又有什么用？ 她结过婚，她有个儿子，她比张玉才大上十二岁，想这些干什么，不是白白让自己过不好日子吗……

4.可是，有个姑娘，她却开始想了，她想得具体极了，美好极了，一直想到了结婚，想到了生孩子。是啊，这姑娘是青青。那天，她在门口第一次看到张玉才，她看到他笑吟吟地冲她点头。

在一秒钟前，什么处对象、谈恋爱呀这些事，离青青还有十万八千里呢，可是，等到这张玉才对她点了点头，一秒钟的样子，她突然就感到，一下子就来了，她的事情、她的命就这样定下来了，就逼到眼跟前了。她只愿意让这个小伙子娶她，她只愿意嫁给他。

青青的想法有些太过突飞猛进了，就像一个还不会走路的孩子，一下子却跑起来，还飞起来。因此，青青是完全把持不住的，她的内向、拘谨、生涩好像都给挤到一边去了，只要是跟张玉才有关的事情或细节，她都会像个不会吃东西的人一样囫囵吞枣地一口吞下去，不分青红皂白，不分酸甜苦辣。然后，等到夜深了，她才会一个人缩在被窝里，慢慢地一小块儿一小块儿地重新咀嚼回味。

自然，她所能得到的任何有关张玉才的信息，来源者只可能是古丽，青青一向对古丽是信服的、崇拜的，而古丽，想想吧，每当她说起张玉才来，用的又是什么样的语气和角度呢？这对青青来说，更加是顺风吹火、火上浇油了！

可光是这样听听又怎能满足？可怜的姑娘，她的胆子真是大得都要发了狂了，她开始悄悄地跑到街上，寻找张玉才的身影……

好在她是在这镇子上从小泡大的，在张玉才跟古丽碰面之前，她会先一步找到张玉才的踪迹。她看见他把手插在兜里走路。停在路边跟人说话。别人给他散烟，他客气地摆摆手。走过一家玩具摊，他孩子气地蹲下去，拿起一只会叫的塑料鸭挤出响亮的声音……青青着迷地盯着看，觉得他的每一个动作、每一个姿势，都再好不过了！

这少女的相思之情啊，太过猛烈，太过茂盛，她完全沉浸在自以为是的想象中，她以为这便是处对象了，她以为这样便是可以结婚了！青青闪在拐角口，按着像青蛙一样乱跳的心……一直要等到张玉才跟古丽正好"碰"上后，她才仓促地结束她的追寻之旅。因为，有古丽跟张玉才在一块儿，她就放心了，她知道古丽回家后会复述她跟张玉才之间的对话，她什么都不会漏过……

青青以为她正在浇灌着一个秘密，这秘密是她的，也是张玉才的，这世上切切不可有第三者知道。可是，这世上怎么可能有不泄露的秘密呢？秘密是什么？是空气，是风，是水，是沙子，只要有一点点可能的空间，它们就泄了，悄悄地弥漫开来，众所周知，满城风雨。到最后，只有制造与守护秘密的那个人，还像守着风中之烛般地，在小心翼翼地用两只手围着、罩着，死了命地护着。

最先识破青青秘密的是达吾提，这个小小的气味收集者。还是在睡觉之前的那一小段时间，当青青把熟睡的他抱到床上，他睁开眼睛，这次他没有看青青，只是看着前面的黑。

青青刮刮他的鼻子：又醒了？

达吾提短促地呼了口气：你的味道不对了。

嗯？　青青笑起来，说实话，对于达吾提关于气味的各种说法，她从来都不当真，他不过是在玩游戏罢了。　一个七八岁的孩子，不正是游戏的年纪吗，就像别的孩子喜欢木手枪喜欢弹弓，而他，则喜欢玩玩味道。　这样想着，她便会装出认真的样子，陪着他玩。

怎么就不对了呢，你从前不是说过的，我的头发是芝麻味儿，眼睛是露水味儿，嘴巴是番茄味儿？

现在不对了。　你身上满是大街的味儿。

大街的味儿又怎么了？

你的味儿乱乱的，糊里糊涂、傻里傻气的……哎，我问你，你为什么整天到外面转悠？

小东西，你倒管起我来了……青青有一点慌乱，但想想达吾提毕竟是个孩子，应当是无妨的，他哪里就能看破她的心思？

我不管你，谁会管你呢？　达吾提的声音里忽然流露出一种深深的忧戚与同情，好像只有他才能真正替青青着想似的。

青青被达吾提的情绪噤住了，这八岁的孩子，像是最柔弱的，却又像是最犀利的。　他为什么会流露出那种发自内心的悲伤？

青青，你不要出去了，不要再跟着他了。 他来的那天，我闻过了，我就知道，他不会喜欢你……这个人与那个人，他们的味道，就像这个人和那个人的脾气一样，有的是天生合得来的，有的是永远都凑不到一块儿的……

你瞎说什么呢。 青青小声地回应道。 隔了一会儿，她终于忍不住问道：那你说他喜欢什么样的味道呢，我能变成那种味道吗？

你难道真的没看出来？ 他喜欢的，是我妈妈的味道。达吾提把他温热的小手伸到青青的胳膊上，他轻轻地抚摸着青青，隔着皮肤，传递出单薄而纯粹的亲爱。

少女却在突然之间枯萎了下去，软软地跌到达吾提一侧，她的头落到古丽的枕上，古丽的味道像无知的蛇一样钻进她的鼻孔。

5.青青的萎靡与消瘦带着少女期的苍白，她因此变得好看了起来。 晚饭桌上，古丽一边美美地吃着，一边飞快地看了她两眼，这对餐中的古丽而言，是难得的分心。

红嫂，看见没，青青长成大姑娘了，身量长长的，眼色水汪汪的。 她兴高采烈，嘴里包得满满的，说得有些口齿不清。

哼。 做母亲的有一点点得意，却还是压下去。 红嫂知道，再平常的女人，在做姑娘时，总有那么三四年，看上去是相当迷人的。

青青低着头，她不敢抬头，也不敢开口，生怕会招出眼里的一泡泪。听到古丽夸她漂亮，她自然是高兴的。就是到现在，她依然还是那么崇拜古丽，后者说的每一句话，她都会毫无保留地喜欢。

这几天，她慢慢地有些想通了，不那么绝望了，不那么怨怪张玉才了……他喜欢古丽，这哪里就能怪他？更不能怪古丽，要怪，只能怪自己，长得不好，味道不对……

等下了饭桌，用茶水冲过了嘴，又呆坐着舒舒服服地消化了一会儿，古丽的注意力才算完全地清醒过来。她暗暗地瞧着正在洗碗的青青，后者的动作有气无力，动作慢吞吞的……即使只是个侧影，也能感觉到青青被克制着的某种情绪。

那是什么？她在忍受什么痛苦呢？

古丽想了想，转到房间里去，达吾提正瞪着两只眼待在黑地里。

古丽正想点灯，孩子却喃喃地说：不要点，看到灯，我眼睛就会疼……

古丽于是也待在了黑暗里，她仍在想方才的问题。一个十九岁的姑娘，会为什么伤心？自然，应当是年轻人的心事。那么，又会是谁呢？在这个镇上，青青会为了谁？她都认识些谁？

这么稍稍推理了一两步，答案就水落石出了。古丽为自己的聪明高兴起来……可是，等一等，这么说，事情的结局要提前到了，在她与张玉才之间？

张玉才现在已经不再假装是偶然碰到古丽了。他与古丽之间，实际上已经有了默契。他们会在那家裁缝店前碰面，然后一起漫无目的地东走西走。

古丽喜欢向张玉才回忆她从前在铁路工程队的事情，她那时，比现在更年轻、泼辣，敢当着一大群男人的面就跳起舞来；头上的纱巾从来都跟别人不重样，走在荒地里，人们老远就会认出她……张玉才笑微微地听着，一半是折服于古丽的塞外风情，一半是沉醉在双方的爱慕中——他们没有拉过手，好像也不曾想过要拉手，更不要谈别的。他们好像真的只是简简单单的爱慕与喜欢，这爱慕，真实、轻松，而不必担心来路与去程，因为结果是明摆着的，他们都一清二楚：他以后会娶一个别的姑娘，而她，则会继续像阳光一样明媚地活着……

可是，古丽现在明白，结果要提前到来了——她必须让张玉才对青青有所反应。这事情虽不是她的乐趣和愿望，但她怎么能不帮青青一把呢？她和青青可是一家人，都是陈寅冬的家里人呢。

6.张玉才对古丽的话表示了巨大的诧异，乃至愤怒。他看着古丽的唇，像是头一次注意到她有两片这样的唇似的，她的唇，竟然也能说出违心的话？ 这还是他天天陪着走的那个古丽吗，百无禁忌、由着自己性子的？

她的唇说：你该成个家了吧！ 先成家后立业嘛，成了家再好好把会计工作做好。

接着说：我替你说个姑娘，保证是最适合你的。 因为我最了解你，也了解她。 她一定会是世上对你最好的人。

又说：你可能见过她的。 就在红嫂家，她女儿。 也是……我女儿。 你要相信我，我帮你看的，肯定没错。 我不会害青青，更不会害你。

还说：你不要不好意思。 这种事情，男的总归要主动一点对不对。 我帮你，你写张纸条，或者说个口信，我一定帮你好好带到，约她出来，你们见面。

张玉才把目光移开，他不能不感受到古丽的心肠，那种像天一样大的善，以及不假思索的傻，这其实还是率性了——所以，这还是他的古丽，那两片唇还是她的唇。 他的心一开始还气得发红呢，这会儿却软下来了，疼起来了，都不能碰呢。

青青，自己应当是见过的，但模样记不清了，这说明她长得可能很普通，并且相当内向。 不，也不是说他张玉才就一定要将来的新娘能像古丽这样，但是，他，怎么能平白无故地就去约一个几乎还是陌生的姑娘？

但是，这是古丽对他的要求，是古丽的决定，是古丽的性情所在，也是古丽对他的情谊所在，她把他都当成自己的人了，她能做到的，她想他一定也会做到——对某事的放弃。 对某人的慈悲。 这是她代表他们二人所做的决定。

张玉才看着古丽的眼，他点点头：那我听你的。

然后，他就哭起来，很失体面、很没出息了，往日的镇定与自信一下子没了。 他把手紧紧地缩在口袋里，防止自己一下子失控了，会走上前搂住心爱的古丽。

四

1.现在，红嫂是完全闲下来了，从来没有过的闲。 这一闲，日头似乎就显得无限的长了。 家里面的那种空空荡荡，都能听见灰尘在往下落了。 红嫂坐着，几乎要瞌睡了，却又不敢睡，生怕夜里睡不着。 现在，她经常就在夜里突然醒了，特别是凌晨四五点的样子，醒了便只好想东想西，想从前的许多事情，想得心里空落落的，什么事情都不踏实似的。

是因为青青吗？ 要说起来，红嫂倒是家里最后一个注意到青青的消瘦的，像张薄薄的纸片，总待在屋里不出来。 注意到之后，红嫂却又连忙装作毫不在意。

自然，红嫂并不知道这里面有张玉才的缘故，但她自有她的逻辑——毫无疑问，女大当嫁，女孩子家十六岁就可以说合婚事了，而青青，眼看着就二十出头了，可到现在，连个上门提亲的都还没有，这在东坝，已算有些迟疑和困难了……

这镇上，男女的姻缘还是要靠媒婆来牵线搭桥的，而那媒婆，也像生意人似的，自然也要找出色些的男男女女，一来路子轻巧，二来容易成交，说出来更加响当当。而从一个媒婆的专业角度看来，青青这样的条件可能是有些尴尬的吧：模样长得平常，父亲亡故，家中人丁又多，关系可疑，唯一的男丁只是个才八岁的孩子……不过，红嫂几乎是骄傲地微微笑起来，不过，她们知道她红嫂有一笔款子吗？那要是拿出来，都能吓她们一大跳！吓完了之后，她们准会一个接一个地上门来，给青青说合这镇上最有出息的小伙子。

是啊，红嫂曾经跟自己说过，不到万不得已，她决不动那笔钱，只是，不知道，青青的这事，算不算是万不得已呢？再说，陈寅冬当初的意思又是如何，这笔钱，红嫂要是拿出来用作青青的嫁妆，对古丽和达吾提来说就太不过意了，看看，达吾提，才那么小，保不定以后会有什么吃紧的事急着要花钱呢。

红嫂想了一会儿，没个头绪，浑身却开始燥热起来，头皮痒，后背痒，胳肢窝痒，脚趾也痒，毕竟一个冬天都没有洗澡了。看看日头还早，红嫂决定洗把澡。她到灶间烧了满满四瓶开水，又把房间的厚帘子放下，她这里开始洗了，又叮嘱青青继续在厨房烧水。

氤氲的热气顺着木桶的边缘升上来，红嫂脱了衣服，坐了进去。 这还是今春的第一把澡呢。 红嫂往身上撩了些热水，她低下头看看自己的身子，有些陌生似的，这是从没人细看过的身体，就是陈寅冬，每年他回来，总是冬季，他只在被窝中默默地摩挲……也许，这木桶，这热气，便已是红嫂最亲密的抚摸了，她这辈子，不会再有别的了……

而古丽，她倒是未必的，她的身体，或许还会遇上新的目光吧……

这段时间，红嫂注意到张玉才跟古丽的交往，自然，他们并没有什么。 但红嫂能够看出古丽从中得到的愉悦，这也许是到目前为止，她在这个小镇上所能得到的最大乐趣吧，她的生活里，如果没有一个相当的异性，那也是太不公平了……

镇上有一些人也注意到了古丽与张玉才，他们看了一会儿热闹，对古丽的大胆感到瞠目结舌，不可思议。 这样看了一阵，又有些不安了，觉得如果再看下去就对不起道德良心了。 于是，他们做出串门的样子，来到红嫂这里，寒暄几句，接着直奔主题，有些不好意思般地，提起古丽跟张玉才的事：张玉才还是个小伙子，他不懂事也就罢了，可古丽……陈寅冬死了，您这里好心收留下她，她怎么能这样？ 她这个样子，别人不好说，您红嫂可是要出来讲一讲的，要按老理儿说，她算是小的，是偏房，您是大娘，该服您管的……

红嫂带着些笑，点着头听他们说完，再寒暄几句别的，最后客客气气地送了他们出门。 然后，她便把他们的话给忘了。

在这件事上，红嫂打算好了，主意定了，她永远都不会讲古丽半句……没有人会相信，她其实是希望古丽这样的，她在暗中瞧着，高兴着，并朦胧地分享到一些新鲜的气息……古丽是红嫂不可能的生活，是她下辈子的理想，一个人为什么要阻止她下辈子的理想呢?

快要洗完了，红嫂才马马虎虎地洗起了她的胸部。 一向，对胸部及私处，她总是有着很强的羞耻感，几乎不喜正视。 这会儿，她偶然地低下头，吃惊起来——明显地，她的胸部比从前大了许多……而实际上，自从生下青青，她这里便基本是软塌塌的了……红嫂涨红着脸，一边骂起自己，这种岁数，这里怎么就能大了呢……一边勉强地隔着毛巾摸摸，哎呀，竟摸到些硬硬的肿块，像是没烧烂的肉坨坨似的，怪不得，这些日子总感到胸前有些坠坠的胀，总以为是冬天衣服穿得多，她又往胳肢窝方向移了移，真是蹊跷，连腋下都有块块肉了，而且还疼起来……红嫂感到一阵恶心，对反常肉体的恶心……当然，还有淡淡的疑惑，这难道也算是病吗? 要瞧医生吗? 要撩起衣服给别人瞧?

嗨，哪能做那种事呢! 红嫂飞快地想了一下，立即把这想法给拍死了。 同时很快地开始擦干身子，她不想在这方面再做任何的纠缠，一个五十多岁的老寡妇了，竟还要为了胸脯里多了些块块肉而大惊小怪，那不要把全镇的人都笑死了，她以后还要不要出门了？ 反正，平常要是不碰到，也并不感觉怎样的疼痛，而一个正经女人，哪里会想到碰这种地方呢？

青青隔着门问还要不要烧水，红嫂也就一下子忘了她的胸部了，坚决而彻底地忘了。 是啊，青青，她现在应该集中精力去想的是青青。 她回到洗澡之前的思路上，为了青青的终身大事，是否，该把那笔钱跟古丽说出来？ 看她能不能同意，先让青青占个嫁妆肥的好听名声……

2.青青在厨房烧水。 对着灶里熊熊的火焰，她发起了呆。 从昨天晚上到现在，不论看见什么，她都会发呆。

就在昨天晚上，她刚刚把达吾提放到床上，替孩子整理好被角，正准备下床，古丽突然进来了。 青青正准备张口，她"嘘"的一声，把食指放到了唇边，似乎不想让红嫂听到她将要说的什么。 她手上的戒指在夜色中一闪，带着不可思议的迷人。

青青，有小伙子喜欢上你啦！ 你猜猜是谁？ 古丽压低嗓子，神秘地凑近青青，她的夸张像热气一样地朝着青青的脸颊扑来。 她为什么这么激动？ 青青回头看看达吾提：他今天怎么真的睡着了？ 要不然，他也许可以嗅出，古丽的这股热气，是否意味着别的什么。

…………

你猜不出？ 不敢猜？ 古丽咻咻地喘起气，显得有些焦急起来。

…………

张、玉、才。 他、喜、欢、你。 古丽一字一顿的，并把青青的脸扳过来一点，使她正对着门缝里透过来的灯光。古丽想看到青青对"张玉才"名字的反应。

青青却垂下眼去，像一个人拉上了窗帘。 在这短短的几个月里，青青的身子是单薄了，心却丰厚起来。 就在听到"张玉才"名字的一瞬间，她就宛若天助地得出一个判断：古丽说的不是实话。

真的。 这种事怎么可能骗你。 就在今天下午，张玉才，他，托我捎口信给你，约你出去。 古丽开始加重分量，她误读了青青拉下的眼帘，以为那仅仅是少女的害羞。

…………

你不信？ 傻姑娘，你想想，要不是因为你，这么些天，他怎么会一直盯着我呢？ 我都跟过陈寅冬了，我都是达吾提的妈妈了，你说，他没事跟着我干什么呢？ 他呀，花着心思呢，就是想从我这儿打听打听你的情况，问问你都平常喜欢吃什么，什么时辰起来，晚上睡得好不好，喜欢什么样的人。

古丽沉浸在一种自我牺牲的情境中，以至出口成章地进行了突发奇想的虚构。 她把张玉才问过她的那些话统统回忆起来，并一股脑儿换到青青身上。 甚至，像生怕青青不乐意似的，她还煞有介事地夸起张玉才来。

要我说，青青，找对象也不要太挑。 要说这个小伙子呢，还真是要长相有长相，要工作有工作，要人品有人品，绝对是这镇上数一数二的，你跟他呀，我看挺般配……

你们呀，先到裁缝店后面的固桥那里见个面，边走边说说话，你要觉得还行呢，人家张玉才可就要正儿八经地托媒上门了……

这种牵线搭桥的话，一旦起了头，往下说起来就有些滔滔不绝了，夜色之中，古丽的眼睛闪烁起光芒，她几乎说服了她自己，她几乎相信她说的就是真的。

青青终于抬起眼睛，看着古丽，专注而冷静，后者因此不安地停下叙述。

你对我实在太好了……青青有些慢吞吞地说。

没什么，也是受人之托嘛。 也是顺水人情嘛。 青青神色中的黯然让古丽感觉些什么，她突然感到一阵气短和懊恼，她想她刚才也许说得有些过了。 有些时候，就是这样，用力不当，用力过猛，都会中途坏事。 那头，好不容易才说服了张玉才，总不能在青青这头给断了吧。 这一想，古丽更加急了，却不得不忍着性子欲扬先抑，把方才的热烈猛地削去一半。

当然了，青青，这终身大事，主要还是看你自己。 所以你看，我特地先跟你悄悄地说，还瞒着红嫂呢，你这两天好好想想。 想定了，把回话给我，我再给你捎给他，好不好？

　　然后古丽就急急忙忙地出去了。古丽不想让青青现在就把话给说死了。古丽相信青青只要睡一个晚上，只要做一个短短的梦，只要稍微想一下张玉才的背影和走路的样子，她就会克服害羞与不自信，她就鼓起勇气来，会吞吞吐吐地找到自己，答应那个在裁缝店后固桥边上的约会。

　　当晚的青青没有梦到张玉才，因为她根本没有真正睡着。从夜里到白天，她一直都在紧张而低效地思考：那个固桥边的约会，去，还是不去？

　　古丽所说的一切，她知道，是不真实的，这一定是古丽，为了帮助（同情？）自己，而硬生生地把张玉才给拉过来的。可是，情感怎么就打不过理智呢？青青同时又在想：万一，万一！古丽说的就是真的！那人就是真的喜欢上自己呢……真的假的都不管，为什么自己就不能跑去跟张玉才见上一面呢？只要跟他一起站上那么一小会儿，看看固河里的水草，看看他的鞋子和裤脚，哪怕一句话不说，那不就够了嘛，这辈子难道还指望别的什么吗？

　　青青默不作声地坐在厨房，一动不动，只看着灶膛里的火，左摇右摆，忽上忽下，她想，那火里烧的哪里是柴，分明就是自己的心。

　　忽然，外面传来达吾提的脚步声，青青微笑起来，想到一个好办法，她的心终于可以不必再这样被焚烧下去了。

　　青青几乎是轻松地站起来，问东厢房里正在洗澡的红嫂：还要再加烧一锅水吗?

3.达吾提蹲在院子的墙脚下。 院子外各色各样的气味像一大群顽皮的伙伴似的，在竭力地呼唤他引诱他，可是没办法，他没法出门。 他真的没法再忍受外面的阳光了。

不过才是暮春，阳光为什么就这样刺眼呢，像嗡嗡叫的蜜蜂似的，像香味浓得让人头晕的油菜花似的，达吾提蹲在墙脚下，他小小的身子蜷成了一个拳头。 他紧闭起眼睛，并用手掌遮住阳光，这样，他才稍微感到舒服一些。

达吾提一直在想着，他得跟谁说说他的眼睛。 他的眼睛，让他很吃力。 白天，远的东西他压根看不见，近的东西又总是模糊的。 而过分强烈的光线，都会让他的眼睛不由自主地发痛，像有针在刺，他揉一揉，眼泪就成串地掉下来，但达吾提知道：他是个男子汉，这不是在哭。 而到了晚上，情况就更为奇特了，所有发亮的东西，油灯、瓷碗的边缘，古丽的耳环，青青眼里的水，这些亮闪闪的东西就全都被放大成一团团的光晕，到处朦朦胧胧、影影绰绰……

好在，他有鼻子，他的鼻子就是他的眼睛，红嫂给他端热汤了，青青给他穿衣服了，路上有小狗来了，前面有条木桥了，旁边来了辆自行车了，他的鼻子都会提前告诉他……

但是，但是，达吾提真的很想找个人说说他的眼睛，他感到他快要失去它们了。 可是跟谁说呢? 红嫂，不。 青青，不能。 古丽，更不能。 ——在达吾提看来，家里那三个女人，某些地方，总让他觉得可怜，是不能依靠的，他不能把他的问题再加给她们……

因此，当青青向达吾提提出一个请求——代替她到固桥边去跟张玉才见面——达吾提几乎要跳起来了，是啊，怎么没想到，其实可以跟一个外人说说，说说他的眼睛。

达吾提答应下来，同时，他嗅出青青嘴中的腥气，根据他的经验，这种气味往往源自那样一些人：情绪紧张或者身体不够舒服。

去见他……嗯，做什么呢？ 达吾提问。 事实上他愿意帮青青做任何事，以报答她每天晚上抱他上床、帮他掖被子。

不做什么……我想，就是见一面，跟他站一会儿。 反正，你只管去就行了，千万不要乱说话……青青沉吟着胡乱地答道。 显然，她仅仅才想到了第一步，事情的下一步她胸中无数，也无能为力。 再说，一个八岁的孩子，她能指望什么呢。

奇怪的是，达吾提发现，当妈妈古丽发现是自己代替青青去见张玉才时，她突然显得很失措，一会儿钻到青青的房间低声嘀咕，几乎在哀求着什么，一会儿又脸色不定地跑出来发愣。 看到事情无可挽回，她终于有些怒气冲冲的样子：你这孩子，真不懂事，怎么就当真要去了呢？ 你这回是给青青帮倒忙了！ 同时，达吾提闻到：妈妈的嘴巴同样带着焦灼的腥气。

她们都在因为什么而如此异常呢?

达吾提带着两个女人的不安赴约了。

固桥下面的河就叫作固河,河水看上去并不那么清澈,这是下游,穿过整个小镇之后,在这里,河面聚集着菜帮子、竹竿、木片以及一些泡沫。河水并不深,但仍然拍打着桥墩,有哗哗的声音,并散发出混浊的气味。

固桥上的两个人,都还没有说话。

达吾提脸俯向河面,像一个小酒鬼似的,深深地嗅着发酵的河水。而张玉才,则跟他相反,他把脸冲着街面,路上基本没人。固桥这里,其实是很适合男女第一次私下约会的——古丽所选的地点倒是很不错的。

想到古丽,又看看旁边的达吾提。张玉才感到了一丝惆怅,其中又夹杂着庆幸与疑惑。无疑,那个叫青青的女孩子是不来了。从表面上看,他是被拒绝了。不过,对这结果,他感到亲切,并隐约体味到那个姑娘的聪明与骄傲,她是个好姑娘,他钦佩她,不过,这跟其他情感没什么关系。

张玉才现在搞不懂的是:面前这个男孩子,古丽的儿子,他到底是谁的使者?

张玉才犹豫着,决定还是先等这个孩子开口。

其实,我看不清你长什么样。所以,我也不知道她们到底喜欢你什么。达吾提突然回过头说。

你说什么?张玉才往前走了一步,这孩子的口音跟古丽一样，带着异乡的底子。 她们？

　　达吾提答非所问：不仅是你，我现在谁都看不清啦。 我眼睛坏了。 现在我只能看见一点点光了……达吾提说着又把头冲向河面了，好像他是在跟河里的那些脏东西说话似的。 看样子他今天只想跟人谈谈他的眼睛。

　　张玉才听出孩子声音中的痛苦。 这痛苦真实、细小，富有感染力。 于是他把他的疑惑丢到一边。 你……是说，你眼睛不舒服了？ 那，跟她们说了没有？

　　这是治不好的。 我从小就不好，她们都没发现。 我甚至可以继续这样睁大眼睛装下去，只要我有鼻子，她们可能永远都发现不了……

　　你还小呢！ 哪里就治不好了？ 我估计是近视吧，一种假性近视，可以治的……张玉才想起他仅有的一点关于眼睛的常识。

　　达吾提似乎根本就不听张玉才的话，他只是需要说。 跟一个人说出来。

　　……从前，在工程队，那是我从小长大的地方，我们小孩玩瞎子游戏，把布条往脸上一蒙，不管是比赛摸人，还是摸东西，我总是最快、最准……从小到大，那是我最喜欢的游戏了……到了这镇上，一开始我还有些害怕呢，什么都看不清楚，但没关系，幸好我有个好鼻子，那就行了……我花了两个月的时间跟着青青，走遍这里的每个地方，我用鼻子记下每个路口的味道，这样，以后我就会认路了。 你知道吗，我从不会迷路。 这点，我妈妈不如我……

达吾提对着河水，在谈论他眼睛与鼻子的过程中，提到了青青，又提到古丽。 每说到一个，都会让张玉才有点分神，他想，也许接下来这孩子就会谈谈她们当中的一个，这样，他或许就能听出：古丽所操纵的这次约会，真正的背景到底是什么。 当然，这并不重要，只是，作为一个年轻的男子，他在情感深处的一点点虚荣。

可是，达吾提不说，眼睛的伤痛使他淡忘了他的角色，他完全忘了他所肩负的重托，忘了在他出门之前，青青左一遍右一遍帮他梳头、整理衣服，而古丽，则在一边焦躁地转着，欲言又止……等他一切准备停当，准备走出院子，青青终于飞快地在他耳边轻轻地说了一句：记着帮我拉拉他的手。

可怜的小达吾提，他都忘了拉张玉才的手了，倒是张玉才，慢慢地蹲下来，捧起达吾提的小脸，看他脸上凹进去的眼睛，湿漉漉的，像清晨起了大雾的水面——多像古丽的眼睛呀，只是，他从来没有机会这么近地靠近古丽的眼睛……达吾提也在看着他，两个人对视着，固河的水在旁边哗哗着。

达吾提突然笑起来，慢慢闭上眼睛，皱起鼻子：你瞧，这么近，我都没法看清你，不过，我现在知道她们为什么喜欢你了……你闻起来就像秋天的麦草垛，干干的，厚厚的，很暖和……

听着孩子突如其来、莫名其妙的比喻，张玉才不知为什么特别地难过起来，可能他还没有习惯达吾提的这种表达方式，也可能是他想到了别的什么，总之，他突然把达吾提搂到怀里，把他像麦草垛一样干燥火热的嘴唇贴到达吾提的眼睛上，这双跟古丽一模一样的眼睛。

半个小时之后，当达吾提回到家中，当青青悄悄拉起他的小手准备放到嘴上时，达吾提却抽出手来，把自己的眼睛送上去：对不起，我忘了拉他的手了，不过，他亲过我这里。

于是，青青冰凉的唇像张玉才一样贴到达吾提的眼睛上。 这两个吻啊，这么相像，这么接近，却又如此遥远，相隔万里。 他和她都没有吻到他们的心上人，永远吻不到。只有达吾提，他感觉到那极为陌生的颤抖，像火与冰在瞬间的拥抱，这是他无法记忆和保存的气味。

4.张玉才还想再见古丽一次，跟她说说达吾提的眼睛。可是，他发现要见上古丽一面现在有些难了。

她不再出现在裁缝店一带，不再出现在他们从前有过默契的任何地点，显然，她在有意地躲避他。 有时，在一个巷子里，他走进去，恰好看见古丽挑着吃食担子的身影，他加快步子走上前，古丽却更加快速地往前走，因为挑着担子，她有些吃力，但仍不肯放弃，鞋子危险地拍打着石板路面。

张玉才只得停下来，他害怕古丽跌倒。

张玉才不知道，古丽把上次那个约会的失败归罪于己。为了给自己一个惩罚，古丽决定：不再见张玉才，永远告别跟张玉才在一起的那种快乐与放松。其中，有对青青心思的难以理解，也有对张玉才不够热络的失望，更有对自己的怨恨与责怪。她想：如果没有她古丽，如果她从头到尾都没有跟张玉才说过话、走过路、谈过心，说不定，那张玉才，就会顺利地喜欢上青青，他们会按部就班地请媒、相亲、订婚……是她毁了青青可能的美满婚姻。

张玉才决定停止对古丽的追寻——真要追到她，哪里会难？这个小镇，她怎么也不会熟过他的。但是，张玉才停下了，他想，或许他该遂了古丽的愿，不再见面。

——在骨子里，张玉才其实还是悲观的，从迷上古丽的第一天起，他就在等这个结果，只不过，这结果来得早了些、突然了些。从热络到分手，这里面的必然性，不是情感浓度的问题，不是忠贞与否的问题，而是这小镇的道德，是这小镇的风尚。他，张玉才，二十三了，从现在开始，他得正经准备他的婚姻了。此前的一切，在人们的眼里，都算是花絮与练习，是不作数的，是可以原谅的，同时也是要被故意忽略的……张玉才本非纵情之人，他并不想去突破和违背这些，他只是希望，能够再跟古丽说几句，他想告诉她，这些天，他跟她一起走过的那些路，他会一直记得，记一辈子……当然，还有达吾提的眼睛。

　　张玉才只得去找红嫂了。

　　这是他第二次到红嫂的家。 上一次，是第一次结识古丽的那天，也是看到青青的那天。 张玉才感到这次上门是有些尴尬的，这个时机也是非常不当的。 但他还是逼着自己敲起了门。 他一定得让大家一起来替达吾提的眼睛想办法。

　　红嫂正坐在厅堂里拣红豆，看见张玉才，她想站起来，不知为何，她僵在那里，整个人都不能动弹的样子。 于是她大声喊起来：青青，来扶我一下。

　　青青出来了。 她扶起红嫂。 自然，她看见了张玉才，但她就有这个本事，脸都没红一下，眼皮都没抬一下，像是根本没有这个人似的，像是根本没看见一样，又进了里屋。倒是张玉才，脸皮明显地红了，像是心虚起来。

　　红嫂身子是有些不便，眼睛却还是灵的。 青青，可从来没有这么无礼过呀！ 她恍然大悟，原来青青还有这番心思。只是，唉，红嫂看看张玉才俊俏而坦荡的眉眼，想起了古丽，她在心里叹口气，风月之事，她虽不精，但这样一个青年，结识过古丽之后，要让他再跟青青好上，是有些难了，就是有那笔钱拿出来做嫁妆，都是不妥当、不厚道的，都是要委屈人的，既委屈青青，也委屈这小青年。

　　红嫂正在心里徘徊着，张玉才急急忙忙地开了口：红嫂，跟您说个事，达吾提，他眼睛得病了，怕是很严重呢，我昨天问过我一个城里的亲戚了，他这种情况，像是弱视，虽然现在有些迟了，但也不是没的治，不过要抓紧，要到城里去开刀矫正……我……因为见不到古丽，所以就来找您了……

我说呢……这孩子，不论什么东西，都不是用眼睛看，却是用鼻子在闻……红嫂喃喃自语。她现在觉得她胸脯那里是一点不痛了，或者说，这痛，跟达吾提的眼睛比，算什么呀，达吾提，才八岁呢，又是个男孩子，是陈寅冬脉里唯一留下的苗苗了……

你问过了，开了刀，还能有治？红嫂现在只担心那笔钱够不够用了，以前总觉得那钱是永远也花不完的，现在倒担心了，眼睛呢，那肯定是要花大价钱的。

有治，肯定有治。张玉才斩钉截铁地说。其实他也并没有那么大的把握，但他愿意给人以好的念想。再说，他看到，青青忽然从门里冲出来，眼睛里一下涨满沉甸甸的泪珠，那样急迫而信赖地看着他……

5.现在，红嫂甚至连转身都有些困难了。特别是左边半个，那种钝钝的疼，带着无限的重量似的，拉着她的胳膊，她的后背，她的腰。她从凳子上站起，她挂个篮子，她铺床被子，都是一次比一次更艰难的挣扎，她终于不得不呻吟起来。

达吾提站在红嫂的身后，红嫂走到哪儿，他就跟到哪儿。终于，他把古丽和青青都拖到红嫂跟前，他声音有些发尖：红嫂病了，很重。 真的，我闻到她身上病的味儿了。

达吾提的样子还跟从前一样，他以为他还装得像一个健康的人，像那许多有着明亮双眼的孩子。 他看不见青青在他的后面掉眼泪，看不见古丽像桃子一样肿起来的眼。 当然，他曾经闻到过空气中泪水的味道，但他像大人一样不以为然地摇摇头，以为那是女人们又在为了张玉才而烦恼……

家里人不跟达吾提谈论他的眼睛，好像那只是他的一个小秘密似的。 而现在，在达吾提的秘密边上，又长出了红嫂的另一个秘密，像并蒂莲似的，雪白雪白，从黑亮的污泥中生长起来。

保密。 你们谁也不准往外说。 这是丑事，一说出去，就等于脱光我的衣服……古丽，你知道的，我们家青青还没办事呢，咱们达吾提还小呢，别让这种事在外面传来传去的……记住，不要找医生瞧，不要搭理别人的问长问短……你们就让我慢慢地这样病着好了，到最后，该怎么样就怎么样，我不会怕的……红嫂以一个别扭的姿势坐在床边，她逐个地把家里人看过去，寻找他们眼中的承诺。

古丽让青青带着达吾提离开。 她关上门，拉上厚窗帘子，她含泪解开红嫂的衣衫，她要看看并且摸摸红嫂……一个老年妇人的身体，松弛而迟钝……但在胸部，那女人身上本该最柔软的地方，却古怪地坚实起来，一坨一坨的，像打结了，像结冰了……

古丽看看红嫂，脸突然涨得通红，憋了很久才说出来：

红嫂，您还是去看看吧，人都这样了，还留着那钱做什么……您就把那……把陈寅冬的那笔钱拿出来去瞧病！您放心，我跟达吾提保证不会要其中的一分钱，达吾提的眼睛，那是没有救了，他没有眼睛也照样能过活……等您身体瞧好了，我们一起多做些吃食卖，夏天，我还要批发冰棍卖，我好好地卖，不再跟任何人在外面瞎逛，我保证一天能卖两天卖三天的钱，咱们几个好好地赚，钱呼呼地不就来了……古丽滴下热泪，像要把红嫂胸前的硬块块给化了似的。

红嫂先是愣住了，愣了好一会儿，上上下下地看了古丽一会儿，然后，快活地张开嘴巴大笑，可是这一笑，她的肋骨又给拽得吃不消了，痛得她泪都涌出来了：好个古丽，原来你知道有那笔钱，可你从来没提过，你真是个坏家伙……看你出的什么主意？那钱要用在我身上，就等于是拿钱去打水漂了，你看看我的脸，看看我这身子，再多花一分都是作践呢……不过，好妹妹，有你这句话，我就感到好受多了……哪天呀，你吃食卖得快了，得空了，你就早点回来，我们要好好合计合计，咱们朝着西北方向敬炷香，也远远地跟陈寅冬说说，他那笔钱呀，咱们要用在达吾提身上，带他到城里去开刀，让他的眼睛，比你的还要亮还要好……我们还要用在青青身上，给她置份好嫁妆，让她找个好婆家，要她将来的对象呀，最起码，跟张玉才差不多……

她们一齐轻轻地笑起来，像不知名的花，散发出淡而哀伤的香气。

一

1.发现她不会说话，父亲走了很远的路，找到人家说的那个庙。寺庙住持，除了瘦得厉害，并无什么异处，只要了她的乳名与八字，闭着眼睛坐了两个时辰，方才吐出几个字：大名，叫开音吧。

大家都挺信这个，东坝镇上所有的人都跟着喊，只要来串门，就特别努力地叫她的名字。若手中牵着半高不高的娃娃，还教着娃娃一遍一遍地念她的名字。开音。开音。这种不出力气不花时间的善意，虽不至于功德圆满，倒有种积少成多的虔诚。

但开音还是没有开音。大家似乎都因此心存内疚，无缘无故就欠下开音什么了。你想想，生下来就没了娘，又说不了话，不是欠她是什么？

外人尚好，只觉得是欠，那做父亲的，心里疼得想挖个坑跳进去，觉得自己一定是前世杀了人、作了孽。但还是不肯低头，五岁，八岁，十岁，他时刻暗中留意女儿的喉部，天天都盼着眼前突然出现奇迹；每到鬼节、冬至以及除夕，给亡妻化纸时，亦会没了命地祷告，求她保佑女儿，让她嗓子瞬间通了，像吐瓜子壳那样吐出点小动静来。

没有，就是没有。

认了吧，就是个哑巴。

好在，耳朵是好的，出奇地好，说什么她都懂得；并且，眼睛也是好的，好到她无意中瞧上谁一眼，那人就会突然伤心起来，不知该怎么疼爱这个乖巧单薄的孩子。

2. "要我看，就是名字的问题。开音这名，太迫切了，逼着赶着的，哪里成？就像有人家，给孩子取名——健强、治邦、文武，这么功利，猴急相了，不对的。所以呢，你们要记住，人哪，不论是想要什么东西，问天要、问地要、问别人要，万不可开门见山，要懂得隐藏、懂得弯曲，世上绝没有探囊取物那样的好事情。"

伊老师每天花一个半钟点写大字，他喜欢临《多宝塔碑》。一边写，一边跟两个儿子讲人生道德。来来往往、功名得失、生老病死，反正想到什么就讲什么，不管两个小子懂或不懂。他是语文老师，天生会讲的。

"听明白了吗？"

"明白了。"两个儿子齐声答诺，这个时候，他们是最团结的，因为这样就可以早点脱了身，去找开音玩。

自己两个儿子，大的叫伊大元，小的叫伊小元。这名字，多好。伊老师抿着嘴唇，翻过去一张旧报纸，继续往下写，同时把心里面小小的得意摁下去。人哪，不能得意，在心里都不能，心里的得意比面上的得意更糟糕、更容易坏事。下次得跟两个儿子说说这个。

十岁的开音，现在跟大元、小元是校友了，在学校天天见的。

开音上学，这是伊老师反反复复做工作的结果："她又不是聋子，去听听，总归能识几个字，就明事理了，总比做睁眼瞎强得多。"

开音父亲听不得别人讲到聋呀、瞎呀这些字眼，任何一项不相干的残疾，都好像指桑骂槐，会让他想到开音的哑。"好的。就去了，就去了。"他胡乱应承下来，却一拖再拖，总怕到了学校，开音受到欺负。

这么着，一直拖到十岁，才入了一年级。父亲算是有点放心了：她岁数在那里，个子在那里，总不会吃亏吧。

的确，没人推她，没人搡她。事实上，开音的亏，是吃在没人明白处、说不出来处——

下了课，那些小孩子，本班的、隔壁班的、隔壁的隔壁班的，总像花瓣似的，层层地围上来，好奇死了，问出无数的问题。

"开音，你是舌头短一截子吗？""你笑的时候也哑吗？笑一个看看！""打饱嗝呢？打喷嚏呢？""开音，会哑语吧，'大便'怎么样弄？'小便'怎么样弄？"

七嘴八舌地问了，然后一齐眼巴巴地盯着开音。当然，除了一双惊惶的眼，他们等不到答案。 孩子们于是就碰她的手，摸她的头发，翻她的铅笔与书包，好像答案就躲在那些地方里似的。

这情形给大元看到了。 五年级的大元个子虽大，性子却是怯的，连忙去喊了小元，兄弟二人走在一起，那气势就大了。 况且，他们的爸爸是伊老师呢。

"你们干什么？ 五讲、四美、三热爱不知道吗？ 就这样德、智、体、美、劳全面发展吗？ 就这样团结同学、尊敬师长吗？"四年级的小元遗传了伊老师的好口才，特别会讲话，眼光还配合地慢慢扫视一圈。

低年级的孩子很快羞愧起来，发自内心。 并且，他们从此知道了：开音，是伊大元、伊小元保护着的，不好再胡乱亲近的。 而他们所谓的亲近，其实就是捉弄她、弄哭她、让她出洋相。 小孩子呀，都是那样，情感表达上，就是个南辕北辙。

像花蕊一样，开音从散开去的花瓣中间露出来。 她理理头发，用眼睛看看大元与小元，两只手的大拇指悄悄地弯弯：谢谢。 但小兄弟俩看不到她的手势，他们一齐被开音的眼睛给盯住了，跌进去了，脚底下忽然没了着落、没了深浅，十几岁的男孩子，惶然不知所措了。

3.大概是陪开音太久，开音父亲最喜欢家里有人来玩，那样家里才会有点动静，你问我答的，热乎。

"哦，大元呀，欢迎。 哦，小元呀，欢迎。"每次，开音父亲都会郑重地分别打招呼，似乎要充分利用这说话的机会。"来，进来坐，开音在里面玩剪纸呢。"

大元、小元一高一矮地走进去。 开音坐在北窗下，她侧过头来，冲哥儿俩笑笑，又低下头剪纸了。 她的头发，被北窗的一点天光照着，亮亮的。

大元、小元，天天地，就是特为过来看开音剪纸的。

剪纸时的开音，跟平常又不一样了，特别地经得住看，可以放心大胆地看。 因为，只要手里有张纸、有把剪，就等于无形中替她盖了间房，还递给她一把钥匙，她闪个身子就进去了，一个人藏到剪纸里去了，外面诸事纷扰、目光交织，乃至人仰马翻，都跟她一点关系没有。

开音的剪纸，真要说起来，并没有人专门教过她。

东坝镇上有剪纸的传统，姑婶婆婆们几乎人人都会一小手，但也谈不上特别热心，无非是农闲时凑凑趣而已。 开音呢，就混在她们当中，一声不响地倚着门框望呆，这家望到那家，这只手望到那只手，这把剪刀望到那把剪刀，偶尔凑近了拿起来细瞧，但谁若问上一句，她却即刻羞涩地跑开。

然而，好像就在那些零零碎碎的光阴里，她悟到什么诀窍了，笨而沉的剪刀一到她手里，就完全没了出息，全听她的主张，要什么便像什么，像什么便是什么。

为了练习，她贪心地搜集一切的纸片片，哪怕只是小小的糖纸与烟盒，也如获至宝地收了放好。 但一个寻常的镇上人家，纸张总归是少的。 开音像是完全鬼迷心窍了，竟把主意打到学校里。 好好地坐在课堂上，剪刀就在桌肚子里扭动起来，两个星期一过，算术书、写字本、美术簿，用手一提，满地掉得稀里哗啦。 这还不算，没几天，同桌、前面同学的书与本子，也同样稀里哗啦的了。

事情不能说太过分，但也有点严重。 伊老师只得上门找开音父亲了，他后面，两个小子不远不近地跟着。

怪了，开音父亲一点不羞愧，倒有点兴奋似的，一下子来三个人跟他说话，难得的呢。 他饶有兴致地听伊老师说，有时还打个岔，问得更加详细，听到最后，竟咧开嘴巴笑起来——他想象着，好好的一本书拎起来，突然从里面掉出一片又一片的纸花，那情形，不是挺有趣嘛。

大元、小元也跟在后面笑，到最后，连伊老师也憋不住笑起来了。 想不到这个开音，不声不响的，为了这么个小玩意，一根筋拗下去，胆子倒是大的。

"哎呀，就当是个消遣吧。 否则，让她玩什么呢，又跟谁玩？"开音父亲慢慢地不笑了，他拿眼睛盯着伊老师，想了一会儿，"实在不行，就不念了吧。 念到三年级，对她，是足够了。"

看起来，这也是必然的结果了。 不知为何，伊老师沉重地看了看自己的两个儿子，似乎是突然间又想到了什么人生道理，心潮澎湃、难以言传了。

这时候，开音倒若无其事地从里面走出来，她刚剪了花样子，因为没有纸，用的是玉米苞皮，黄而略透的苞皮，被剪成一只打盹的黄猫，双眼蒙眬，暗中觑着头顶上的一只蝶儿，憨态可掬。

开音举着猫蝶图对几个人笑。看着开音的眼睛，伊老师突然明白了：怪不得呢，这姑娘不会说话，她根本就是不用说话的——不论是谁，有了她那样一双眼睛，说什么话都是多余的。

4.学校里，再也看不到开音了，大元、小元都觉得很难挨，但放学后，还得雷打不动地听伊老师讲道德文章。

他们看着伊老师的毛笔在旧报纸上慢慢移动，黑黑的墨，一撇一捺，一提一顿。写一个字，讲一段话。哎呀，听得他们，背上一层层汗，手心一团团劲。终于听到话音落地，两个人就同声高叫起来：我们去看开音剪纸了！攥着毛笔的伊老师倒给吓了一跳，抬头一看，两个儿子已没了影子。

开音还是坐在北窗下，头发亮，眼睛汪。

开音父亲不知从哪里替她弄来的一本没用的硬壳旧账本，那有着红绿暗纹的薄页，厚薄适宜，一页页都被开音剪成各种小玩意儿了。

大元一坐下来就一声不吭地拿着那账本子，一遍看完了，从头再来一遍。

小元呢，则凑到开音前面，跟她说话。小元的话呀，那

个多，好像把开音说不出来的话全都替她说了似的。 开音听
了，会把两只眼睛眯起来笑，手里却是一刻不停。 剪刀出上
入下的，一本账页簿，慢慢地成了一群散尾巴金鱼，吐出来
的泡泡交织成一个对称的八字图。

小元把这金鱼接过来，端详一番，小心地递给傻坐着的
大元。 大元接来，也慢慢地端详一番，然后小心地夹到账页
簿里。

这几样动作，每天都要上演一番。 总在下午，四五点
钟，天色暗淡，暮而未晚，空气浓厚，似有甘甜之气。

——倘若，在那蓝雾一般的暮色中，有个长期跟踪的镜
头，像一只好奇而善意的眼，它会注意到的，在那接力棒般
缺乏变化的动作里，一天天地，三个孩子就大了——大元有
身架子了，小元有书生气了，开音有眉梢、有眼角了，而她
剪的纸花，跟人一样，也越发像模像样、动人心弦了。

二

1.三两年下来，等到开音右手被剪刀磨出两块淡黄色的
老茧时，她的剪纸名声，像小鸟一样，这家的枝头上停一
停，那家的屋檐上叫一叫，自由自在扑棱着，传开了。

东坝的人们，喜欢热闹，逢上四时节刻，或者生辰婚
庆，必要鱼呀肉的，吃得肚子圆圆；同时，还要锣呀鼓的，
弄得满耳朵嘈聒；眼睛呢，也不肯亏待了，屋檐下、门楣

上、梁柱上、窗格上、镜角边、灯罩上，能贴能张处都要弄得花花绿绿才算数。

但剪纸花，要的是闲工夫与慢性子，是灵巧劲儿和小情趣，这几样东西，别个人总会缺一少二，但开音，不仅不少，只怕还多出点什么呢。

春天到了，她剪两个男人在耕田，剪白蚕在桑叶上吐丝。夏天呢，她剪西瓜爆裂出一地的红瓤黑籽，剪水井边有只狗在吐舌头。秋季，则是草垛堆得一人高，向日葵挤挤挨挨着耷下沉甸甸的头……总之，偶然间所见所闻，不论什么，若是喜欢了，用她的眼睛瞧上几瞧，回到家，坐到北窗下，抽出张纸，剪刀以一个小小的角度横在那里，略停一下，就上手了，就出来了。

剪完了也就随便夹在那里，逢上人来讨花样，她就手拿出，毫不珍惜，人家当宝似的捧在手心里啧啧称奇，她却好似已经厌倦，一双眼睛早不知看到哪里去了。

这么着，开音剪的纸花或是她传出来的样子，贴到东家、贴到西家、贴到牛栏上、贴到灶台上，红红的，走到哪里，抬头见，低头见，一回头还是见。东坝的男女老少，不惦记她真是难了。

就算开音是个不会说话的，也不爱笑，但这一点不妨碍一个事实：她是全镇老小的一个宠儿——她这样乖而灵巧，柔弱而深沉，真是再好没有了。

但人们对她的那种喜欢呢，又是独门独户的，没有交流讨论的可能，毕竟，各人的程度深浅以及输出方式，那是没办法搞得拢的，只能各管各、各顾各。

就比如，大元和小元。

2.要说起来，瞧瞧这两个孩子，一样地吃饭睡觉，一样地看伊老师写大字、听伊老师讲道理，偏偏长得就完全不一样了。

大元，个子大是大，却也拙得很，打死不多说一句话，打死也考不到个好成绩，勉强念到初三，就毕业回家了。伊老师气得要生病，但看到小元，病症又不治自愈了。

那小元，真是大元的反义词。大元写字像打铁，总累得浑身冒汗，小元写字，倒像打哈欠，完全不费一点力，叫他考第二都考不到，就是到了县中，也只能是第一。还有呢，他那张嘴、那嗓门、那落落大方！全校的演讲、“一二·九”歌咏比赛领唱、元旦晚会的主持，没有小元撑不了的台面。

总之，从县中零星传回来的消息，总让东坝人佩服得很了：这个小元，将来不得了，要做大事情的。接着，再小声跟一句，唉，想不到啊，同一家的，那个大元！啧啧啧。

人们在嘴里咂半天，相互点点头，眼神用了点力气，朦朦胧胧地体味到一些关于人生际遇之类的东西，却终于说不出一句像样的感慨。

所以，可想而知嘛，这样子的大元与小元，他们对开音的喜欢，就是个东边日出西边雨嘛，就是个东一榔头西一棒子嘛。

3.先说大元。 大元，用东坝人粗俗的比喻，是三棍子打不出一个闷屁的，可是，要闷屁做什么，大元有笛子。

伊老师一开始不乐意大元吹笛子，有点江湖气似的，但有一天，他看到一句话，叫"丝不如竹，竹不如肉"，意思是，从格调上讲，弦乐比不过管乐，而管乐又不及人声。 伊老师一想，笛子嘛，竹，也算是中品了，这跟伊老师所推崇的中庸之道有点接近了，得，由着他吧。

大元获得批准，更加纵情了。

他本来就不爱睡懒觉，这下起得更早，借着昏暗的晨光摸索着，牙不刷脸不洗，只是往外走，走过没开门的裁缝铺子，走过湿漉漉的木头桥，走过静无一人的小学校，一直往镇子边上走，走到田地里，走到庄稼深处。

然后，才站定了，摸出笛子来，吹给庄稼地听。

他最喜欢那种有大雾的天气，好像有人松松地抱着他。他埋在雾的怀里，长一声短一声地吹，练两支老曲子，再试一支新曲子。 吹着吹着，雾淡了、散了，阳光黄黄地散出来，小鸟在地上一跳一跳，他便把笛子收起，回家了。

练了这一整个大早，都是为待会儿吹给开音听。 往开音家去的路上，他一直都袖着笛子，不让任何人瞧见。 开音父亲跟他打招呼，他笑得硬硬的，笔直着身子进去。

　　然后，等开音低下头去剪纸了，他才悄悄地拿出笛子，又怕太近了扎着开音的耳朵，总站到离开音比较远的一个角落里，侧过身子，嘴唇噙住了，身子长长地吸一口气，鼓起来，再一点点慢慢瘪下去。吹得那个脆而软呀，七弯八转的，像不知哪儿来的春风在一阵一阵抚弄着柳絮。外面若有人经过，都要停下，失神地听上半晌。

　　开音却是头也不抬，仍是在剪，但大元看得出：开音在听呢，她的腰更直了，肩膀却松了下来，左手的兰花指翘得不那么稳了，特别是到一个高音，她的手会悬在那里等，隔一小会儿才放下来。

　　并且，大元那笛子里的雾气，也弥漫到她纸上，成了玉米穗子上的红缨络，成了两只青虫身上的露水珠，成了田埂里弯弯曲曲的三行青菜秧。

　　剪好了样子，跟小时候一样，她让大元替她放好。大元谨慎地用两只手接过，凑到北窗下细细地看。这一看，大元总会一阵迷糊，头都要昏了，眼睛都要湿了，怎么的！早上他在地里才瞧见的，现在都已经跑到开音纸上啦……他回头冲开音混沌地笑笑，觉得世界上不会再有比这更好的事情了。

　　4.星期天，大元不来看开音——这天，轮着小元了。小元从县中回来，半天做功课，另外半天，是待在开音北窗下的。

　　小元现在说话，学生腔重了，还有些县城的风味，比如，一句话的最后一个两个字，总是含糊着吞到肚子里去的，听上去有点懒洋洋、意犹未尽的意思。并且，在一些长句子里，他会夹杂着几个陌生的词，是普通话，像一段布料上织着金线，特别引人注意。总之，高中二年级的小元，他现在说话的气象，比之伊老师，真可谓青出于蓝而胜于蓝了，大家都喜欢听他说话，感到一种扑面而来的"知识"。

　　不过，在开音这里，他说话的声量比在外面要低得多，因为他坐得离开音很近。这点，跟吹笛的大元不同。

　　当然，小元的这种近，跟小时候其实差不多，就是趴在开音桌子上边看她剪纸呗，但人长大了呀，那张小小的桌子，被他的两肘一搁，几乎就完全满了，开音要继续剪纸做花，没办法，不得不摩摩擦擦地碰到小元了。每碰到小元的袖口或臂肘，开音脸上仍是一平如水，但她的耳朵边，耳朵边上最薄的那一道没骨头的外廓，会慢慢地红起来。

　　注意到开音粉红了的耳朵，小元也便体贴地暂且停一停，不说话了。

　　但他不闲着，而是要过开音前面一周所剪的纸样子，捧在手上一张张看，眉头皱起来看，像在复习一门艰深的功课。

　　他相信，这些透而漏的剪纸，就像被打破的镜子，每一个不规则的碎片里，都有着零碎而清晰的印象，映照出开音每一天的所有情形，她如何起居、如何吃食、如何睡觉——

　　这么一看，小元感到了不安与不足：开音的日子，真像是一杯清水呀，一望到底，里面连块小石子、小沙子都没有。自然，这是没有错的，但难道就不应当给它增加点什么吗？比如水草或鱼虾，倒影或涟漪什么的。

　　哦，这个事情，小元想，得让我来做。

　　至于怎么做呢，小元也一下子就想好了：讲故事。

　　别看小元肚子不大，只是少年人的那种结实单薄，但他肚里的乾坤，却像是一个大腹便便的中年人了。

　　高二分班的时候，他选的是文科，这个，是伊老师一开始就设想好的，两个儿子，一理一文，好比是花开两朵，各表一枝。当然，大元后来跟理科是没什么瓜葛了，但小元，跟文科的这个机缘，真是天注定了。语文、英语、历史、地理、政治，就像长在他手上的五根指头，随便伸出哪一根来，都骨肉匀称、活动自如。自然，对开音讲故事，他是懂得技巧的，就像从热牛奶上撇出奶油，一定是最有营养的那部分，最适合开音胃口的。

　　这样，每个星期天，小元就不是一个人来看开音了。他往开音的北窗下一坐，同时还带来了别的客人，以女客为主：田螺姑娘、织女、孟姜女、七仙女、白娘子、孔雀公主、崔莺莺、祝英台。

　　哦哟，这些女客呀，那个痴情，那个热烈，那个出生入死，那个死去活来，开音听得，不仅仅是耳朵红了，连脖子都红了，连五脏六腑都红了，红得情窦初开，红得爱屋及乌了。 她用一双几乎醉了的眼睛看着这个坐在眼前、坐在身边的小元，一阵阵惊惶：他到底是谁呀，怎么会有这样的好法子呢，这可叫她怎么办！

偶尔地，小元也带一些男客来，但主题还是不变的，仍是"牛奶上的奶油"。 譬如，他这天讲到尾生。"一个有情有义的男子，叫尾生，岁数，跟我差不多，长得呢，也跟我很像。 有一天，他跟他喜欢的一个女子，约好了一座桥下见面……左等右等，水涨得越来越高了，但因是约好了的，他绝对不能走开……最后，他就抱着桥柱子，给淹进水里，死了。"

讲所有这些故事，小元自然是用普通话的，那声音听上去，太动听了；他又喜欢用好词佳句，这是文科生的习惯了，常常会说到"一日不见如隔三秋"，说到"在天愿作比翼鸟，在地愿为连理枝"什么的，开音若眼里露出疑惑，他就停下来，把这个短句的典故以及其所代表的情谊再讲上一讲。 这样，说起来是一个故事，实际上，大故事里又嵌着小故事，大意思里又套着小意思，有些复杂而缠绵了。

小元讲着，开音在纸上乱画着，有时抬起眼来看。 讲故事与听故事的，两对眼睛都湿漉漉的了，跟那个尾生似的，快要被水淹没了。

而开音当天的剪纸，不用说，便是"尾生抱柱"了。

次日，这剪纸又到大元手上了——这一点，巧了，跟弟弟小元一样，他也喜欢通过剪纸了解开音前一天的情况呢，不然能怎样，还指望开音说个什么吗——吹笛子之前，他捧在手上左看右看。

他看到一座汪洋之中的桥，桥下的柱子后面露出半张脸来，眼睛黑洞洞地尽力大张着，不是恐慌而是欢欣，虽然四周的河水，已经淹没掉他的大半个身子。

这是什么意思？ 大元用眼睛看看开音。

开音摇摇头，就是会说话，也说不清楚的。 她只是知道，有那么座桥，有那么个人。

大元忽然感到没了力气，心里面什么地方，多出个小得不能小的疙瘩。 他想了想，还是取出笛子来。 可能吹吹就好了，那疙瘩就吹下去了。

5.开音的父亲，大概算是个心事很重的人，不过不能怪他，不论是谁，有了开音这么个女儿，又有了大元、小元这两个客人，没有心事就怪了。 但开音父亲，偏偏不肯泄露这一点，总要加以遮盖，不过他那种遮盖法，真是拙得很了。

比方说，大元吹笛子，你就落落大方地听着就是了，你就夸两句就是了。 他不，他一见到大元，眼睛就往后者身上四处瞄，好像是要把那管笛子给搜出来似的。 大元被他的眼睛一盯，身子就有些僵了，缩着往边上让。 他不放，还是盯着看，好像是说：我知道的，你带了笛子，你把笛子别在后腰上了；你竖在左袖子里了；你挂在右裤腿里了。

但等到大元真正摸出笛子吹起来，他倒又往外走了，躲不急似的，去赶鸡，去拢柴，去挖田埂，不知怎样忙才好。直到大元的笛声一落，他倒又像听到什么口令似的重新回到家中，又满眼里找那被大元收起来的笛子了。

小元来呢，他是更加心神不宁，特别是小元开始讲故事了，开音听得正入神，他却伸手伸脚地在开音屋子里转来转去，丢三落四了，一会儿拿个杯子，一会儿要个火柴，而且总要碰到凳角、碰到门闩，浑身长刺似的。

小元不是笨人，很快意识到什么，小元站起来，转过身，打算专门地跟他讲话，或者，邀请他一起听故事，开音父亲却又红头涨脸地胡乱摆手：你讲你的，你讲你的。连忙走掉，头也不回。

伊老师经常会过来找儿子，找过大元也找过小元。这两个孩子，纵有千般不同，但有一个毛病是一样的，只要进了开音的屋子，对时间就完全没有概念了。家里人等得菜都凉了，肚子都饿了，都要打瞌睡了，没办法，伊老师只得上门来喊了。

每次上门，伊老师都会注意到开音父亲的失措模样。伊老师有些不过意，也有那么点骄傲，又有着同为人父的体恤与怜惜，情绪很微妙了。想想自己的儿子们，又想想开音，事情是很明白的，也是最糊涂的，甚至，根本还不能算是个事情，才十七八岁的孩子嘛，开音父亲，怎么一点沉不住气呢。

伊老师满心想拿话出来劝解开音的父亲，但想一想，还是不能说。 一说，那开音父亲更要当真了。 于是，伊老师就只平平常常地，往院子里一站，高声叫儿子的名字。

开音父亲也站到院子里，拿出主人的样子，语气里很放松似的："不碍，让他再坐一会儿就是了。 开音，能有人陪着，她高兴的。"

"是啊，开音高兴就好。 不论什么事，都是为着开音嘛！"伊老师希望开音父亲能听出他用心良苦的弦外之音。将来的事，其实很简单的，还不是看开音的意思。

三

1.小元高三的最后一个学期，他没有再到开音那里去了。

倒不是伊老师的要求，而是小元自己的意志所致。 周末从县中回家，不仅不到开音处，镇上的鸡鸣狗盗、家里的五谷收获，他皆充耳不闻，就是对父母起居问好，也一应从简。 生活上所有的琐事，全都交由大元代劳。 他好像把自己完全地关到一个空中阁楼里去，全家人都在这阁楼下轻手轻脚地走路、轻声轻气地说话。

大元对小元，外人看来，好似冷淡或疏远，因他很少与小元说话。 但伊老师知道，大元对小元，那一片热忱，比天还要大的，还夹着点敬畏——小元考大学，那是顶天立地的大事情，自己能帮上一点忙，那是理所当然。 单讲一件小事——他做"人肉蚊香"的事。 夏天的晚上，不是蚊子多嘛，多得风油精、清凉油都不管用，大元知道汗身子招蚊子，就特地干了活却不洗澡，坐在小元边上。 小元复习到十二点，他就坐到十二点，复习到一点，他就坐到一点，睡着了也坐在那里，反正，只要蚊子叮在自己身上而放过小元就行。

并且，大元表面上是粗，其实粗里还有细。 他看出来，小元虽然斩钉截铁地把自己关到书本里了，但并非真的不惦念开音，他有时会从书本里抬起头，往窗外张望，眼睛里突然空了一样。 那种感觉，大元是知道的——从前的那些星期天，逢到小元去看开音，他自己也都是那样"空"过来的。 而现在，他替小元算算，都快三个月没看到开音了，这不是会出事情嘛！

大元左想右想，悄悄地到开音处，比画了半天，让开音剪出个长条花样，他做成一枚书签，暗中夹到小元的书里。他不愿当面递给小元，不为什么，就是坚决不愿意——不知从什么时候开始的，大元、小元之间，是不谈论任何有关开音的话题的。

小元一下子认出这书签上的花样，剪的是"夸父逐日"，小元曾在故事里讲过他，"珥两黄蛇，把两黄蛇"，开音记得很好，她照小元的描述，在夸父的耳朵上挂了两条小蛇，手里亦攒着两条蛇。 拿着书签，小元走了几分钟的神，几分钟幸福的神。 但很快，神又回来了，他把书签往边上一放，重新埋到书本里。

——这细节，被伊老师看到了。乍见之下，他是欣慰而安心的，可细想一下，联想起小元各种举止里的那些冷淡与决然，又觉得不妥了，像睡觉时垫了床新棉胎，暖和是暖和，总有什么地方不服帖。

显然，小元是个有野心的孩子，这野心，大到一个地步，高到一个地步，已远离了日常世故与儿女情长。这当然是件好事，也是伊老师跟两个儿子一直灌输的道理之一，那许多古今中外的成功人士，都似是无情无义的，为着事业与趣好，可以完全地撇开私情杂念……但真的看到自己的儿子也是如此，伊老师却感到一点秋意似的，他头一次对自己树人之道的正确性若有所惑。

其实说到底，成功人士的故事不会错的，伊老师之所以自责，是有些担心开音。毕竟，她是个姑娘，又不能说话，小元从前那样热络的，现在一下子不理不睬、无音无讯了，就算是功名要紧，也是不近人情的吧。

这么一想，伊老师决定上门去看看开音，想想那姑娘的那双眼睛吧，怎么能让那里面蓄满泪水！

走到一半，突然想起什么来，他站在路当中笑了。

小元不去，大元不是天天儿去的嘛，开音，她就像朵花呢，自会有人去替她浇水替她遮阴的。哎呀，大元，那小子，说不定倒是痴人痴福。

2.痴人是否真有痴福不说，有一点是真的：就在小元高考的这半年，大元的笛子，有如神助，突然吹得上了一个大台阶。

开音的父亲，本来，在大元吹笛子时喜欢往外走的，想故意弄出一种满不在乎的姿态。但现在不行了，大元的笛子，那种高远而清亮的法子，那种哀伤而透明的法子，在堂前屋后各个角落里转来转去，转到打瞌睡的黄猫身上，转到发呆的小板凳上，转到灶膛里的小火苗上，最后，转到开音父亲的裤脚上，他就怎么也走不动路了。

是的，开音父亲认为，不是他的耳朵，而是他的裤脚，给大元的笛子扯住了。

但大元不想扯住开音父亲，他不想扯住任何人的心。他跟小元不同，从来就缺乏野心与计划。

从第一天起，从第一天拿起笛子放到唇边，这笛子就好比是他说不出的满腹心里话，这种心里话，是零零碎碎不成文的，从不曾指望有任何人能听懂，但倘若不吹出来，是绝对要憋出人命的。故而，他吹这笛子，旁人都以为是取悦开音，只有他自己知道，真正说来，是为了救自己，为了渡过那理屈词穷、心事重重的难关。除此以外，他还能怎样呢？

大元的笛声里，开音现在学会叹气了。

大元的笛声，好的，她喜欢听，也懂得，明白那里面的理屈词穷与心事重重。但到底不一样，跟小元的故事还是不一样——

　　开音总会在笛声里开小差，想象着穿着白衬衣的小元又施施然地来了，跟从前一样，坐下，两只胳膊把她的小桌子都撑满了，跟她没完没了地说话。说完了，变魔术似的，身边又多出一位女客，女客有着动人的故事，让她听得一阵阵心潮澎湃……可是，不会再来了，从一个星期天到另一个星期天，再也没来过了！小元这可真不大好，用那么多故事，把她吊在半空中，现在又完全地丢下来不管，害得她连大元的笛子都听得不专心了。

　　唉，不能说开音没有良心吧，但人都是这样子的，手上正握着的，无知无觉；离去的那个，千好万好。所以，也是没有办法之下，开音这才叹起气来。

　　一个从不说话的姑娘，第一次叹起气来，可真有点惊心动魄了，好比一阵最遥远的风从湖面上刮过来，湿漉漉甜丝丝，还沉甸甸的，恨不能让人伸出手去接住。

　　开音的父亲正蹲在檐下跟大元的笛声拉扯呢，突然听到女儿的这一声叹息，不知怎的，老泪就下来了，感到一种凄凉的幸福：女儿大了。

　　会叹气的开音，手下的活也有些令人费解了。今天，她递给大元的，是一只猫，透明的肚子里，装着一只正在睡觉的小老鼠，这小老鼠不是被吃下去的，好像只是躲在猫的肚里休息，那是它最舒服最暖和的床垫与被子。

　　猫与鼠，一对生死冤家，怎么会这样呢。大元感到自己很迟钝，看看开音，开音似笑非笑，她指指那老鼠，又指指自己——她把自己心甘情愿地给猫吃了。

哦。那么，这只猫呢，是谁？大元并不完全明白，但他感到一阵朦朦胧胧的激动：自己长得像猫吗？

开音的眼光却慢慢地流转开去，不肯回答了。

3.除了笛子，大元几乎没有别的消遣，于是就下地干活。对于各样的活计，他的感觉显然要比功课强得多。

好好地挑着水吧，一高兴，他会突然地把扁担一丢，两只手提起水桶来，胳膊上鼓起两只小老鼠，滴水不漏地往返自若。天气还没暖和的时候，他就脱掉鞋袜，光脚踩到刚刚解冻的地里，高高扬起手，撒下初春的头一把种子。夏天的中午，太阳晒得万物寂静，整个小镇都死去了一般，他却一个人走到日头下，草帽也不戴，要跟谁拼命似的，一畦一畦地锄草，汗一层层地涌上来，他觉得惬意得很，狗似的，大张着嘴喘气。

大元对待庄稼地这样热烈而诚恳，庄稼地也不是没良心的，就变了个法子偿还他——十九岁的大元，眼看着肩膀就宽起来，皮肤黑而光滑，有胡子和腿毛了，从背影看，完全是个男子汉。跟伊老师走在一块儿，做父亲的，像是晒干了的黄瓜，萎缩下去一大圈了。

是啊，孩子成大人了，大人就成老人了。开音父亲也是，长年如影随形的忧患之心使他老得更加快似的，家里的活计一天天吃紧了荒废了，特别到了节气上，播种抢收之

际，他会更加思念起开音死去的母亲了，不为别的，当时，
她要能再生下个儿子该多好！

伊老师总是善解人意的，正好看到大元浑身力气取之不
尽的样子，就差他到开音父亲那里帮忙。

好的。大元得了吩咐，脚下像装了弹簧，走起路来，老
远就能听到，地在脚下咚咚直响，好像在替他快活的心跳打
拍子。

在快活拍子的带领下，他拾掇起开音家的四亩六分地，
筑坝引水，拉直苗畦，处处弄得山清水秀；拾掇起杂草丛生
的晒场，加了新土，自己拖了大石碾子一圈圈地轧，弄得格
格正正；拾掇起蓬头垢面的猪圈与杂物房，连柴火都堆得赏
心悦目。开音的整个家，好像忽然间成了个新嫁娘似的，给
从里洗到外，还抹了香戴了花。

黄昏的时候，开音放下剪刀，到各个角落走走——每
天，都会发现些眉眼分明的新变化，她掉过头去，用眼睛找
大元，大元果然就在不远处站着呢，汗津津的身子散发出有
些呛鼻的体味，湿衫下的骨肉一块块地凸着，像在上下跳着
似的，让开音的眼睛不好安放了。

不仅是重活，细活他也做，悄没声息地就做了。天黑
了，有人替开音往暖瓶里灌满滚烫的开水。雨天过后，北窗
的玻璃会被擦得透亮。每过一阵，她的蜡盘花了，有人替她
换上新的；她的刻刀钝了，有人替她磨过，不太利也不太
钝，刚好使。

唉，这样活生生、热乎乎的大元，这样贴心贴肺、不声不响的大元，开音她又不是一块木头，她是个有心有肝的姑娘呢——有一天，她忽然发现，好久没想到小元了，真的，好一阵了。

四

1.小元的高考录取通知书，不是录取书，而是**魔法书**——几乎在转眼之间，它变出了多少花样呀。

先是那东坝的邮递员，那家伙，因为一套有肩章的制服，一贯是有些骄傲的，有种高人一等的镇定似的，但那天，魔法书之下，他完全变成一个张皇失措的人了，老远的，刚到镇子边上，就声嘶力竭地叫喊起来：伊老师——伊老师——

人们在路上听到，都吓了一跳，中了魔怔般地，丢下手中的活计，一齐跟在邮递员后面走了。什么事什么事？大家一迭声地问。

邮递员不理会，仍是着了火一样急迫而嘹亮地大喊。夏天正午的天气，热极了，大路上的灰尘在暑气中摇晃，一切的东西，看上去都弯弯曲曲、没有脚了。

摇摇晃晃的热气中，伊老师被人们从屋里揪出来，他迷迷瞪瞪的，脸上带着羞怯而自重的笑容。是的，他有点预感，就像闻到运气的香味，只是不知道，快要揭开的锅里，是只鸡，是只鸭子，还是一只大肥鹅。

是只大肥鹅！　不，比鹅还大，可以说是羊、是猪、是大象！

——北！　京！　大！　学！　有人冒失地尖声念出来，声音刺耳，带着难以形容的癫狂。

光是听到北京，就足够巨大了；光是听到大学，就足够崇高了。　而现在，两样加在一块儿，那还了得，这不是要爆炸嘛！　所有人的脖子都像被魔术师的手突然提起来了，眼睛被线头拽住了，嘴巴被空气撑开了，他们齐刷刷地盯着伊老师家的大门，正午的阳光下，那黑洞洞的大门突然变成了金光灿烂、锣鼓喧天的大舞台，小元，快要从那里面出来了。

在所有目光的注目下——人们必须看得仔细，以便于以后加以复述和咀嚼——正在睡午觉的伊小元，那样平平常常的，他揉着眼睛出来了，白白的脸上有两道浅红的席子印。伊老师手僵僵地把通知书给他。　小元接过来，淡淡地瞥了一眼落款"北京大学"，这才放到唇边，闭上眼睛慢慢地亲了一口……

哦呀，他脸上的红印子，他慢吞吞的动作，他留在信封落款上的亲吻，人们一遍遍以慢动作回想，这是什么样的风度呀！　多么镇定，多么亲切，又多么浪漫！　所有的围观者，全都痴住了，都变成太阳下没有生命的小木桩了。

没得命了，小元，这个伊小元，以后肯定不得了的，他肯定会过上另外一种日子，那是人们想死了、所有的人一起想都想不出来的大日子。

围观者中，有开音的父亲，不知为何，他突然就出了密密的一层汗，非常虚弱了。好像有人往他手上塞了样特别值钱的东西，但这值钱的东西，又娇气得像光溜溜的瓷器，他捧不住、握不紧，随时都会掉在地上摔个粉碎。

开音父亲挣扎着，从人群中挤出来，往家里赶。无论如何，应当把这个好消息告诉开音吧。对了，还有大元，他正在地里替开音家掰玉米棒子呢。

2.开音父亲以为他走得挺快，回到家，才发现，比起年轻人来说，他的腿脚已完全不中用了。

新科状元郎伊小元，穿了件崭新的白短袖衬衫，正趴在开音的小桌上边呢，他拨开她那些纸片片与刀片片，在桌上摊了一张地图，在上面挥来挥去，哪里是标着红五星的北京，哪里又是看不到名字的东坝；他先要坐拖拉机到哪里，接着坐长途汽车到哪里，然后坐火车到北京，而将来的将来，说不定还会坐飞机！

开音从被打断的剪纸中游离出来，眼睛被动地跟着小元在地图上移来移去。她还是头一次看到地图呢，这样精致这样复杂，太了不起了，一种被感染的兴奋控制了她。不，这兴奋，不仅仅是因为地图，还与那指着地图的人有关。

从那时到现在，太长时间没有看到他了，没有看到他这样趴在自己的小桌边上了。看看他吧，多么白，读多了书的那种白；多么瘦长，肩不挑手不提、一辈子都不要劳碌的那种瘦长；又是多么快活，正要腾空而起、一飞冲天的那种快活……

这样看着他，所有那些过去的故事，小元所讲的、她曾咀嚼得烂熟的故事，在这一刻，又全部回来了，但都带着同一个声调，哀伤、悲观、泪飞顿作倾盆雨，故事里的女客们在开音的后脑勺上争先恐后地跟她窃窃私语，推心置腹地加以忠告，拼了命把她往回拽。

——开音啊，不错，北京，好的，那是好地方；大学，好的，也是好事情，但这所有这一切的好，仅仅是小元的好，跟开音你是没有关系的。你一个不会说话的乡下姑娘，是一辈子都要待在这里的，所以啊，小元的那种白、瘦长与快活，你千万不要贪图、不要念想，要知道，到最后的最后，小元肯定是跟开音你一点不相干的！

好样的开音，她还真听了劝了。这姑娘，在怔忡中，下意识地放下地图，接着，怕孤单似的，又抓起她的剪刀与纸。

这个时候，开音父亲倒忽略掉女儿了，他全部的注意力都集中在尊贵的稀客身上。想想看吧，这位大学生，他报喜的头一家、头一个人，就是开音，这说明了什么？这预示了什么？瞧瞧他，那大鹏一样鼓着风的衬衫，那将军一样上下挥动的手臂……上看下看，开音父亲越看越激动了，突然，他发现小元是站着在说话呢，他连忙上前按住小元坐下，忽又想起来应当倒杯水，倒完了，发现水太烫，应当用井水冰了才对，并且，应当放点糖精才好……

正忙乱着，大元背了一大筐的玉米棒子进来了。开音家的四亩玉米地，他才掰了三天，倒干下一大半了。刚从明晃晃的太阳里走进来，他眯着眼睛什么都看不清。褐色的汗水像小溪一样顺着他粗鄙的躯干欢畅流下来，一条白色玉米虫子正叮在他头发上，他浑然不觉，黑红的脸上一口雪白的笑。

猛然看到这样的大元，开音父亲终于不那么轻浮了，好像有人在他腰上戳了一下似的，他感到脸上一阵潮红，几乎瞧不起自己了。羞愧中，他瞬间做了个决定，把正凉到好处的白水端到大元手边。

大元惊诧地接过，喝了一口，更加惊诧了："哎哟，这么甜！"

开音也从地图前站起来，走到大元身边，伸出凉凉的手指，替他掸开头发上的小玉米虫子。

大元低下头，这巨大的幸福，他真害怕自己会突然间晕过去。

小元怔住了，不过时间很短，很短的一小会儿，几乎觉察不到，他把地图整齐地折起来，对开音说："这个给你，做个纪念。"然后上前拉住大元："哥，你知道我的消息了吧？爸让我来喊你，早点回去。今天晚上，我们喝酒。"

3.关于酒，伊老师从前跟兄弟两个说过它很多坏话，练大字时，伊老师总带着一股浩然正气。"一滴酒、一支烟，都不要碰。 特别是酒，会丧志，会迷心，会乱性，真乃黄汤也。"

但今晚不同了，"酒可志喜，可助兴，可吐真言，真乃天赐也。"伊老师头一次决定，带两个儿子小小地放纵一下，只此一次，下不为例。

院子早洒过水了，又烧了蒲草，点了蚊香。 几样小菜往矮桌当中一放，两瓶洋河大曲。 此情此景，真是天上人间呀。

太好了，小元高兴。 大元更高兴。 伊老师呢，是最高兴。 父子三人，抢着替另外两个斟酒，抢着把酒杯高举过头顶敬另外两个，抢着把酒往自己的喉咙里倒。

大元跟小元之间是敬得最多的。 小元话多，总说得像绕口令，大元都不大绕得明白。

——哥啊，没有你，就没有我。 哥我敬你。

大元就喝。

——你放心，放一万个心，不论什么事，我都不会跟你争的。 这个该你敬我。

大元就敬。

——我的将来呢，会好，你的，也会好。 我们两个的好，虽不一样，但肯定都会好。这回我们互敬。

大元就跟小元一起仰脖子。

兄弟两个喝得没完没了，喝得眼眶都湿漉漉了，好像是这个夏夜太热，连眼睛都要出汗了。

敬了十几个回合，小元又给自己敬了几杯。今儿这一天，每一个环节，他都很满意。

十年苦读，金榜题名，这个自然是好的。喝一杯。

狂喜之中，镇定自若，有举重若轻的风度，好的。喝一杯。

丢下众人不顾，头一个去给开音报喜，也是好的，是对得起她的。喝一杯。

而后来，对大元，用那种温柔体恤的声调带他回家，更是好的——手足之情，好像从来没有这么结结实实的，令他感动而又难过。但那也是好的。喝一杯。

最让小元高兴的是，所有的这些细节，全都发乎天成，他并没有特别地刻意谋划。他喜欢自己这样，自然、磊落、喜怒不形于色，正像父亲曾教过的那样。

对了，还有一个父亲不曾教过的道理——小元突然间明白，一个强者，就注定得学会放弃最温柔的那一部分，比如，开音。

好的，就为着明白了这个道理，该再喝一杯。他一边喝一边捏捏口袋里的通知书。

相比之下，大元的头脑并没有小元那么清楚。可能，在第一杯酒之前，他就已经是半醉了。

今天这是什么日子啊，什么时候有人给他倒过凉津津的甜水？ 开音什么时候为了他主动站起来过？ 还伸出她的手，还捋了他的头发？ 好事情为什么要这么集中，像从两手空空到腰缠万贯，把他一下子给淹死了……

但他不会像小元那样自己敬自己，他可不会佩服自个儿，相反，他只是死命地想着，这样喜气洋洋的一天，应当感谢谁呢？ 大元捧着酒杯想了半天，不知该怎么知恩图报了。

也许，应当感谢那条小玉米虫子，白白的，头上两个黑点眼睛，满肚子最新鲜的玉米苞浆。 感谢它长途跋涉地爬到自己头上，在大太阳下辛苦地跟着自己走了那么远，一直坚持着不掉下来，坚持着等开音的手指去把它弹开……

那好吧，敬玉米蚜虫一杯，敬放了糖精的凉水一杯，敬开音的手指一杯，敬火辣辣的大太阳一杯，敬箧子箩筐一杯，敬所有看得起他、陪伴着他的那些物事一杯……

"你们继续喝啊，我来写几个字。"伊老师笑眯眯地搁下杯子，突然想起要写大字了。

很豪放地，他把一小杯白酒倒进砚台，酒水磨墨，那个墨香，真让他欢喜，好像一仰脖子，那墨汁都可以喝下肚子了。

　　複見燈光遠望則明近尋即滅
　　竊以水流開於法性舟泛表於慈航塔現兆

伊老师长年临颜，下得笔来，总是《多宝塔碑》，从来不即兴泼毫、临阵发挥，有种墨守成规的忠愚，但他感到很安心。这么些年，真应该好好谢谢颜公真卿，多亏有了他老人家，他才写了那么多的大字，才跟两个儿子说了那么多的宝贵真理，看看吧，上天还是开眼的，种了两棵小树苗，一棵，往高里长，高得连他这个做老子的，都要仰起头看了；另一棵，往深里长，都要到泥地里最深的地方了，任是谁都别再想拔得动他。多好，多好的收成！

"大元、小元，我们今天，这真叫'人生得意须尽欢，莫使金樽空对月'！但是儿子啊，不要忘了，我以前常说的，欢愉只是瞬间，万不能得意忘形，要时刻履薄冰临深渊……你们要记住，每一个有了好运气的人，都应当更加小心、更加谦卑，得把自己整个儿矮下去一个头……"

但这一通话，大概只有伊老师自己去参悟了，他的两个好儿子，因是第一次碰酒，根本不知深浅，一个越喝越白，未来大学生的白，一个越喝越红，冬天黑炭火的红，都已经醉了没形了。

月光下，大元、小元像一只大冬瓜与一只大南瓜，横着倒在晒场一角，夏夜早降的露水多情地亲吻上来，亲吻他们起伏的胸膛，亲吻他们无力的手指，亲吻他们新长出的胡须，温柔极了，像是他们梦中姑娘的眼神。

4.有种说法，在两个人梦里睡觉的姑娘，那个晚上，她肯定会失去她自己的梦。

是啊，开音没有梦了：在学会叹气之后，又自动学会失眠了——生活里有多少无师自通的痛苦与甜蜜呀。

她睁大眼睛凝视着黑乎乎的前方，听见自己的睫毛在空气里刷来刷去：刷过去，是小元白而鼓的衬衫；刷过来，是大元身上小溪一样流淌的汗水。 左耳朵，是小元夹着普通话的大故事与小故事；右耳朵，又是大元从角落里一圈圈荡开来的笛声。

枕头下，有小元留下来的地图，她在黑中伸出手去摩挲，摩挲那些折痕，回忆小元在地图上移动的手指。 她感到自己甚至都不如这张地图，地图知道的都比她多得多——小元将要开始的日子，他将要去的北京。

开音在蚊帐里坐起来，抱着自己的膝盖坐了老大会儿，满肚子化解不了。

算了，还是剪纸吧。

灯火像豆子那样，小而亮，照到开音脸上的绒毛，照到她颈子下方锁骨的淡青处，照到她汗褂子胸襟前的起伏处，照到她腰肢里凹处的阴影处。 灯火激动得忽明忽暗了——它头一次发现，它所照亮的，真是一个令人心醉神迷的大姑娘了，真怪不得大元，也怪不得小元……

姑娘抽出她最为熟悉的红纸，打开最为贴心的剪刀。 好了，果然就好多了，她现在什么都不要想了。

剪刀自己动起来，好像跟红纸分别了太久，饥渴极了，它们一见面就耳鬓厮磨起来，就窃窃私语起来，完全不管开音，更不管什么大元与小元了。 剪刀只爱红纸一个，爱得要撕掉它，要咬碎它，要吃掉它。

这一夜，剪刀对着红纸说了许多情话，奇怪的是，所有的情话，都说了两遍；在纸上留下的抚摸，也全是对称的痕迹。 鱼两尾，木成林，泪双行，人对影。

开音父亲也在隔壁坐了起来，听着女儿的剪刀在缠绵地移动，如同蹑手蹑脚的猫在走路。 唉，他又想起开音的娘了，想得跟女儿的剪纸是一个意思：要是当初，生了个双胞胎该多好，两个一模一样的女儿。 那样就都好了，什么都解决了。 是啊，一碰到难题，他总是想到提前告退的故者，怨恨而私密，好像那才是唯一的症结所在。

五

1.小元到北京上学之后，就从人们的视线中漫漫淡出了，如下了场的明星，荣耀而神秘。 东坝的孩子考出去念书，都是这样的，他在这块土地上的历史好像就到此为止了，人们放心地把他给抛到一边，自顾自过起日子，他一切的好与出息，他的前途与大作为，都过于遥远，渐渐成为童话与传说了。

并且，小元走了之后，便是秋天，便是冬天，便是农闲，是人们集中办事情的季节，订婚、出嫁、祝寿、盖屋、替老人做道场等等，十分热闹繁华。

　　这也是开音比较忙碌的季节，笆斗大或巴掌小的双喜，半个中堂高的寿星爷，新屋大梁上的双飞燕与五谷图，道场上用来祭祀的彩幡与纸人。这些，真够她忙碌一阵了。

　　而大元，因他笛子吹得好，被一个仪仗班子看中了，拉进去凑场子。逢上红白喜事，他要去吹《喜洋洋》《步步高》或是《五梆子》《离恨歌》。这样，开音与大元，总会为着同一个人家的红事或白事，共同忙碌一番。这种感觉很奇妙的，有种齐心协力与心照不宣，真让人感到充实而平静。

　　只是大元，他的多愁善感有些出人意料。

　　婴儿降临人间，老人脱离苦海，某男某女结为百年之好，一家接一家，内容其实是大同小异，但他还总会为之突然间热泪盈眶，喜事如此，丧事亦如此，粗粝的眼睑处不知羞耻地晶亮起来。为了掩饰，他会躲到一边，躲到贴有开音剪纸的窗下，躲到那红红的"双喜平（瓶）安""五福（蝠）拜寿""耄（猫）耋（蝶）富贵"之下，细声细气地吹起笛子。报酬之外的曲子一支接着一支，褐黑色的手指在笛子洞眼上迅疾而深情地移动，无限的感慨与惆怅。

　　从一些媳妇、婶子那里，开音听说了大元的失态。"瞧他那么个大块头呢，心倒跟棉花糖似的，绵软。"她们笑嘻嘻地说。

　　开音并不笑，她的小脸儿倒凉起来，直到别人走了，还凉在那里。

——唉，从永不会谋面的母亲开始，从丢失了的声音开始，到越来越远的小元，开音就慢慢明白，活着，就像手里抓了一把沙子，每时每刻都是在漏，随时都要做好准备，准备与一些东西诀别。 而大元，他准以为生活就像是一块好脾气的庄稼地，丢下种子就该发芽，发了芽就该结果子。 这样的大元，真叫开音又有些担心了。

大元不知开音疼他，他还在疼开音呢。 他心里的开音，可是跟鹅毛似的，经不得半点风吹草动，故而每次吹完红白事回来，他从不跟开音细说那种空落落的痛楚，只会更加温柔敦厚。 担完了水，抱完了柴，就搬只小凳子，远远地坐着，等着开音低下头到剪纸上，他就会趁机地加倍瞧她，多一分多一秒都是好的，都是赚了的。

目光在屋子里越拉越长，越拉越黏稠，像有人从空中倒了一大罐蜂蜜。

开音的父亲这时总不敢进屋，怕给那些蜂蜜粘住脚绊个跤。 看着大元与开音两个不言不语却又意味深长的情形，他不免会想起，在刚刚过去的那个夏季，他曾经对小元抱有过的痴心妄想，现在他多么庆幸！ 他把那杯糖水递给了大元。应该的，该给大元，就该让他尝到甜蜜的好滋味。 啊，对了，什么时候，得跟伊老师聊聊，这个事情，不要老这么迷糊着……

2.等伊老师，那是要等一阵了。

伊老师这半年，包括接下来几年的主要事业，是与小元通信，每周一封，他在信封上加注了编号，行文与语气也处处引经据典，充满谆谆教诲。 这个，学的是《傅雷家书》。 伊老师倒不是要自比傅雷，但儿子小元，他认为，是可以跟傅聪比一比的。 不过，小元的回信，却像是秋天里的芦苇，一阵少似一阵。 他跟父亲解释：忙。 要学的新东西太多——如此言简意赅、不容分说，带着勃发之气。

这一点，在他的假期生活中亦有所体现。 小元的寒暑假，不大回来，因他总要参加各种社会实践，跟教授做调研项目，或参加义工、做城市调查等等。 偶尔回来，也总是很短，并且，比之从前，更加深居简出了，整天只捧着书。 那些书名，拗口至极，伊老师看了几看，都不敢连起来读出声，怕错。

晚饭之后，小元倒会出来四处走走，说是散步。 这是大学里带下来的习惯，同时带下来的习惯还有：早饭与中饭一起吃；咳嗽时用手捂着嘴；十一点看英语新闻；无意中碰到别人身体会说对不起。

散步的路上，偶尔碰到邻居，他就停下来，和气而客气，问候恰如其分。 瞧瞧，到底是在北京读大学的，那什么！ 多那个！ 大家对他，真是越来越佩服、越来越敬畏了。

事实上，小元的这些礼貌与客气，完全是下意识的，也可以理解为心不在焉。 这时候，如果有人能仔细地看看他的表情，会发现一些不可理喻的悲怆之情。

是的，自离开这里，小元就发现，自己对东坝的情感，一天天浓厚了、复杂了，那情感，不单单是柔情与挂念，还有苦楚与心酸，唉，凭空就老了很多岁似的。 每次回来，重新立于这片黑黝黝的村舍之中，嗅着淡淡的牛粪味与干草香，触目所见，比起记忆中，一切都更加小了、局促了，寒酸而黯淡，邻里们一年的劳碌，不过相当于京城里的一顿美食或女人身上的一件披肩，类似种种，不胜枚举。 这里的安静与自足，像是红布，蒙上所有人的眼睛，将来的日子，他们仍会安于这种无知无觉的幸福吧……可小元不行啊，他出去了，他知道了，他再也没法真正高兴了。 有什么办法可以解开这红布吗？ 有什么办法可以让东坝亮堂起来阔气起来？ 小元却又想不出，或者，他是不敢用力想，因为，红布解开了，也未必就是真正的好……

这样想着，小元会慢慢地一直往开音家走去，这是他从小最熟悉的一条小路。 那时，去程中，总是满怀着热切而真诚的憧憬之情，归途中，则疲倦地心满意足。 现在呢，又是什么心情？ 不知道，连小元自己也说不清了。

他远远地绕到屋子后面，可以看到北窗。 那里，开音的影子，映在窗上，就像她的剪纸，轻轻薄薄、触手可及，并可以夹在书里，一直带到很远的地方。

站那么一会儿，脸被风吹得凉冰冰的了，小元才开始往回走。

是的，他并不打算推门进去看开音。 虽然在北京的时候，在一大堆活泼大胆的女同学中间，他依然会思念开音沉默的双唇、素净的眼神，但真要见面了，他总想不好，亦想不出，到底要跟开音聊些什么才合适。 话题的缺乏令小元感到莫大的哀伤——而今，开音于他，不再是一个心爱的姑娘，而是某种记忆，是少年情怀，是整个小镇的苦涩味道。

六

1.谁都不曾想到，开音的剪纸，突然间特别金贵起来，像是被一阵大风给刮到高空似的。 这大风，来自上面，具体是哪个"上面"，"上"到什么程度，不太清楚，总之在那"上面"，剪纸只是个小名，它的大名叫"民间手工艺术"，或者叫"非物质文化遗产"，听上去特别隆重，一听就是要上电视的样子。

开音真的就上电视了，组织安排的。

"组织"事先派了两个人来，听口音是县里的，两个人走家串户地看、拍照片，还在本子上记，又找来一些老人问东问西，一路问下来，等问到开音，他们很满意，不再往下问了。

过了一阵子，"组织"又安排了几个人，讲话开始翘舌头了，也许来自市里，他们再次地看、拍、问，找到开音，看她的人与剪纸，很是激动了，相互交头接耳。

最终，"组织"的动静大了，发下一辆车子来，上面坐满衣着光鲜的陌生人，几乎人人都讲着极为漂亮的普通话，一下来，就啪啪打开那些黑洞洞的家伙，一起围着开音了。

整个镇子都快兴奋死了，人们一起往开音家涌来。但大家不愿给开音丢脸，便努力地放慢脚步，显出矜持的样子，显出见过大世面的样子。他们只是临时要到开音家有事——要借个东西、还个东西，或突然想到请开音剪个什么样的。

开音还穿着她日常的素净衣服，梳着日常的光溜辫子，还坐在她最喜欢的北窗下。除非特别眼尖，才会知道，她穿了一双雪白带花边的新袜子。

事先，是有人带话给她的，但开音有主意，偏不肯弄得花花绿绿，她知道她怎样才是最好最合适。然后，她用她的黑眼睛从那些陌生人脸上看过——像微风掠过湖面，如此清冽，似高山雪莲，几乎所有的镜头都激动地放大光圈、浑身颤抖了。

接着，有来过的人熟门熟路地拿出开音的剪纸簿，一张张地对着镜头们展示。哦呀，那些剪纸，真要人命了：旮旯里的微小风景，那些露珠与青虫，用小心思装饰过的井台与栅栏，倒影般成双成对的景象与人物……

2.最终，天黑了，远道而来的猎奇者们像潮水一样满载而归地退去了，围观的小孩子也像沙滩上的贝壳一样被他们的母亲一个个捡回去。 伊老师成了最后一个客人，是开音父亲暗中拽着他的衣服，留他下来的。 当然，大元也在，从前到后，他一直坐在他常坐的那张小板凳上，从人们的后脑勺和身体缝隙里寻找开音闪动而忙碌的眼睛。

开音父亲可怜巴巴、毫无主张地看着伊老师，表情有些古怪了——可能，是下巴颏的问题，刚刚过去的这几个钟点，他笑得太多，下巴都有些木了。

这到底是什么事情嘛，后面会怎么样嘛。 伊老师你倒分析分析嘛。 他把开音也按在一边，要她一起听听，听伊老师怎么说。

伊老师怔了一会儿，手里作势，像拿了个毛笔在写《多宝塔碑》，像跟前还站着那小哥儿俩——这样会好点儿，会帮助他找到一些感觉。

"世界变化快呀。 天翻地覆慨而慷。"

"什么叫机遇？ 什么叫机遇改变命运？"

"关键的关键，是要把这好事情，变得更好，变得更长。"

到底不是在真的写大字，伊老师说得很不成系统，东一句西一句。 开音父亲的下巴颏是收回去了，眼睛却不停地眨起来，伊老师说的这些话，每个字都听得懂，但连起来，又迷糊成一团了。

开音的眼睛，却在暗处突然亮了几下，是的，她也没有完全听懂，但这并不妨碍她的眼睛像火苗那样亮起来——有什么东西，她从来不曾体验过的，类似饥饿感，类似想要点什么的欲望，在她心里的某个角落，像猫那样悄悄蹲下来了。

开音眼里让人陌生的火苗，让小板凳上的大元，突然被灼了一下似的。他不安地扭了扭身子，不堪重负的小板凳"吱吱"响了两声，像是一声自卑的叹息。

3.事情过去也就过去了，像往水里"咚"一声扔了块大石头，表面上看，没有什么的。但水自己知道，在它的心里，有了块石头了。

开音心里的这块石头，白天她假装忘掉，表现得比平常还要静气。现在，来求剪纸的人多了，邻镇的、邻镇的邻镇，都会迢迢地赶过来，一为讨剪纸，二为看看这姑娘——听说她生得特别美，听说她不会说话，听说她上了电视。总之，开音虽是足不出户，但名声，比起原先，又扩大了许多倍，由此而来的忙碌，也是件好事，最起码，开音在白天可以心平气和。

只是到了晚上，在帐子里，那无人处，她才慢慢地掏出那心底的石头，抚一抚摩一摩。

她总记得拍电视的那一天，从外面来的那些人，他们的做派与气息，说话的声调，那种洋气与大方，这是小镇上从来没有过的。

是啊，恰恰就是在拍电视的时候，奇怪，开音想到了小元留下的那张地图，毫不相干的嘛，她偏偏就是想到了——如果，她想，如果能够有机会，她也会像小元的手指头一样吧，在地图上走，往外面走，往远处走……但是，到底该怎样抓住机会呢，怎么样才能在小元的地图上越走越远呢，这对开音来说，的确是太宏大了。再说，真要走远了，那多愁善感的大元可怎么办？

算了，还是先睡吧，姑娘又把石头放到心里头去了。

另一块石头，在大元那里，却是白天黑夜都揣在怀里呢。

要知道，大元是个话少的人，但话少并不表示想得少，实际上，他想得比一般人还要多，可人们却会忽略掉，认为他是真木讷、真迟钝。大元也假装以为自己是，骗过众人也骗过自己。但没办法，心里那块石头，那是怎么也骗不过去了。

大元有个想法，非常之不好，非常之顽固：上了电视的开音，就不再是原来的开音了。她成了大家的人，成了公开的人。就好比，原先在胸口贴心贴肺地佩着的一块好玉，捂在衣服里，只有家里几个亲人知道的，但现在不对了，一下子来了许多人，从怀里不由分说地掏出来，你看我瞧，不知疼不知惜……最让大元不痛快的是，这块玉本身，竟似乎也是乐意这样给众人瞧的，它暗藏了多年的光泽，憋足了劲儿般，那样配合地，一下子跳进了所有目击者的眼里……

大元无缘无故地就在心里头跟开音生分起来，带着悲哀与憋屈。

他照旧到仪仗班子做事，为了别人的生死悲欢而热泪盈眶，照旧包下开音家所有的重体力活，照旧，在一日之始与一日之尽，掏出笛子来，远远地坐在板凳上吹给开音听。但那笛声，变了，底气不足，气息不匀了，像心事那样摇摇晃晃。

——这显然影响到空气，在大元与开音待着的屋子里，空气不再像原先那么浓稠，成了兑过太多水的蜂蜜了。

七

1.伊老师在给小元的编号为113的信中，提到了开音的剪纸以及剪纸的大名：民间手工艺术、非物质文化遗产。从来没有这么快的，这一次，小元及时回应了，不是回了一封信，而是把整个人都寄了回来。也算是碰巧，小元落实下工作单位了，到新单位报到之前，有一个月左右的空当。正好接到信，便星夜兼程地回来了。

因为事关开音吗？倒不见得。

"开音这事情，绝对是个好的机遇。真要办得好了，小可独善其身，大可惠及全镇，我得尽点力。"一进门，小元就下了断语，也解释了他匆匆赶来的重要原因。"我们东坝，就差这么一种东西，我每次回来，都想找，但一直没找到。

现在好了，有了这个，用时髦的话说，我们小镇就等于是有了一张名片，就可以冲出去了。"

冲出去？ 冲出去做什么？ 伊老师没能一下子弄得清楚，但他看看小元的神情，那是有高度有深度的神情，不会错的，于是他提起肩膀来用劲点头。

大元正在里屋忙着替小元收拾多日未睡的床铺，听到这里，也竖起耳朵来。 冲出去？ 让开音冲出去吗？ 她现在这样难道不已经是最好的吗？ 大元坐下来。 小元的床边，放着他风尘仆仆的行李包，大元左瞅右瞅，不知为什么，这行李包让他很不自在，像晕车似的，虽然他从未坐过车，但真的，就是晕车，头昏昏的，胃里一阵阵抓挠与灼痛。

小元急急忙忙先往开音家冲了。

得到消息的开音，真给吓得不轻：怎么的，小元在北京那么多年，寒暑假都难得回来的，现在竟然因为自己的事，专门回东坝了？！ 这是多大的面子！ 这是多深厚的情谊！

这可把开音给打击到了，巨大而甜蜜的打击，让人想入非非。 姑娘又悄悄地打开地图了，她的指头在上面移来移去，重复着当初小元的路线——现在，这地图，突然之间变得很亲近呢。

小元见了开音，顾不上体味后者眼里的复杂神色——那是放大过的平静与压缩过的热情。 他只用一种紧迫而严肃的神情，让开音把她这些年来所有剪纸的底样都拿出来。 又让开音父亲收拾出一张长条桌，他把带来的大黑夹子贴上标签

一溜排开，标签上已事先用粗黑的字体标上：开音作品
（一）、开音作品（二）……

那种科班出身的正规架势，那种大干一场的热切劲儿，
让所有的人都瞪圆了眼睛，深刻地意识到：开音的剪纸，现
在，是件天大的事情了。

说实在的，小元已经很久没有看过开音的剪纸了，从高
考那年起，之后又是四年大学。可这几日，他是完全一个猛
子扎下去了，连气都不换一口，对身边的一切皆是无知无
觉，包括寡言少语的大元，包括藏有心事的开音。也或许，
是他的注意力，早已经超越那些青涩与软弱的东西了吧。

来来回回地梳理了几遍开音的剪纸，小元发现了一些问
题。这是好事，用他在管理学上的知识来说，弱点就是增长
点，这等于说，他发现了带领开音更上层楼的入口处。

开音的剪纸，的确好，那是众所周知的好，但这种好，
又有单调与肤浅的嫌疑，像一根头发在手指上绕似的，就算
绕出一百种花样，不过还是一根头发！不行，他得递给她一
根长而结实的粗绳子，把她从一口深井里给拉出来，一直拉
到更加广阔的天地里去……这个问题，太重要了，别的人，
比如，开音父亲、大元、父亲伊老师、那些乡邻，他们就算
再爱护开音，但没有用，因为他们跟开音一样，都是坐在井
底下看天，怎么看，天都还是那个天。

这个事，还真得自己来做。小元高兴了，两天没有笑的
脸上终于柔和了下来。

2.小元给开音准备的长绳子，像麻花辫一样，分成了好几股。

第一股，关于待人接物，特别是与"上面"的人、与拿家伙拍电视拍照片的人。总的一条，不卑不亢，再大的官，再小的人物，都一样，不要太巴结，也不要太夹生。

这道理，讲得容易，听得也顺耳，起码的嘛。旁听的两位，伊老师和开音父亲，也跟着连连点头。大元不在，他到地里去了。

"地里，总得弄的。"他扣了顶旧帽子在头上，那帽檐子耷下来，眼睛都看不到了。这几天，所有的人都围着小元与开音转，好像在齐心协力拉一条大船。反是大元，仍是按部就班，该下地下地，该喂猪喂猪，该洒扫洒扫，忙得格格正正。大家一想，也是，对开音的事，大元可能还真帮不上忙，就让他还是弄些家常的事情好了。

第二股，关于剪纸的报酬与版权。价格一定要高高地往上提，不能够再半卖半送，不要怕得罪乡里乡亲，就是人人都嫌贵，价格也一定要挺住。这不是挣钱不挣钱的事，而是一种定位。要想做成大事，记住，每一个细节都得与众不同。再者，版权，其实就是底样啦，要保密，将来，若发现有人偷剪了你的样子，你就可以跟他打官司叫他赔大价钱。这条现在不多说，以后自会有用处。

小元的这条理论，过于猛了，而施讲的对象，又太绵了些。 总之，话说到这里，气氛不那么好了。 但小元有耐心，他知道真理在他手里，他坚定地保持着他的逻辑，艰难地把这些道理从面粉和成面团，又把面团摊成一张张薄饼，煎热了切成一小块一小块地喂给他们。

但效果还是很糟，每个听众都极不以为然。

伊老师脸上臊臊的，感到小儿子开始说得很不像样子了，实在让他抬不起头，难不成，从前写大字时跟他讲过的那些仁义道德，几年大学下来，全都丢掉了吗？！

开音父亲，甚至都有些气恼了，这小元，讲的全是歪门邪道嘛，噢，别人跟着开音剪个花样，这是看得起她，倒还要跟人家打官司、赔大价钱，听听看，这都是什么混账话！

倒是开音的反应没那么激烈，毕竟，她是能叫还是能喊？ 只不过脸色明显地一凛，仿佛破釜沉舟，铁了心地只听小元一个人，就算众叛亲离，也不管不顾。

第三股，才是关于剪纸本身，其内容的扩充与丰富。

小元在大二大三时曾经两次跟教授下乡做过民俗调研，他知道，所谓民间艺术的生命力与感染力，是有一些捷径可走的。 小元相信，用他的办法，他可以在很短的时间内给开音速成——对的，仍是讲故事。 给开音讲故事，这是小元的强项，也是他跟开音间的密码与通道。

"好的，全听你的好了。"听众好像都累了，已经没有明显的好恶——对于不大懂得的事情，人们总是很容易疲惫的。

好在，小元也不是要他们懂得——小元的雄心，前面已经有所流露：他是想以开音为起点，一步步把整个小镇打磨出来。这想法，可能是远了、太高调了。但人家小元就是这么乐观主义、这么浪漫主义了。这个刚毕业的北京大学生几乎有些美滋滋地想着：或许，不久之后，剪纸会成为东坝的一个特产，可以做出许多东西，比如剪纸折扇、剪纸年历、剪纸台灯、剪纸装饰画呀什么的，然后，小镇所有的男女老少都会因此有钱起来，可以像所有外面的人那样，享用物质与科技的进步……唉，所有这些在脑子里沸腾着的梦想，小元哪里指望有谁真正懂得呢——倒不是曲高和寡，小元是真舍不得让他们一起来担这份心，这心思啊，浩茫连广宇，无声听惊雷。

3.小元的故事会又开始了。

这一幕，不要说开音，连小元自己，也感到了似曾相识。有那么一阵子，他曾给开音讲过多少故事呀，带着少年人的炽情与潜台词，在那些故事里，他与开音，眼睛对眼睛的，看得月升日落、浪来潮退……

不，不要想了，小元扼杀掉自己突然涌上来的感伤与回忆——这情绪太不合时宜了。

这一回，小元的故事要复杂一些。因为他希望，开音的剪纸能增加一个"人无我有"的特色品种，比如，传统的戏曲故事。这是小元临时想起来的，不太有把握，但他想试一试:《马嵬坡》《三岔口》《淮河营》《打登州》《辕门斩子》……

开音的毛窝子眼睛，仍像几年前那样，雾蒙蒙地盯着他，小元躲闪开去——这会儿，他不要开音多情，而要她足智。

但开音还是觉得脑筋不大够用了，就像用一把短齿小剪刀，剪八层厚的四方连花边，根本吃不住劲。但开音不肯露怯，尤其不能在小元面前露怯。只是，她想弄清楚一条：如果真按照小元这样的弄法，最终，他会把她带到哪里去？

开音想了想，翻出从前小元送她的地图——已经很旧了，折痕处都磨成了白边。开音把地图拿出来，又找出一张最小的纸花儿，是只燕子。婚典的剪纸上，燕子是最常用的吉祥图饰——因它每年南来北往，是有"信"之鸟，又因它双宿双飞，情深意长。开音真高兴，她只不过随手一摸，就摸了只燕子。

她把地图摊开，然后，把燕子停在小镇的位置上，只是个大概的位置吧，就像小元以前说过的，这样小的东坝，地图上哪里有名字。然后，她抬起眼来，盯着小元，一只手把燕子悬空了，不知要往哪里飞的样子。

噢！小元一下子明白了开音的意思。

他胸有成竹地握起开音的手，他带着开音，两人一同捏着那燕子，轻盈地一路往西飞，飞到县城了，稍事停留，接着往南飞，那是省城了，接着，掉转方向，大刀阔斧地往北飞，越过长江，越过黄河，气吞山河地飞，一直飞到红色五角星所在的位置：北京。

真的能？开音用眼睛问。

当然能！有我呢！小元也用眼睛回答。士气可鼓不可懈，这个道理，小元从小就知道，每次考试之前，他都会跟自己说：第一名，只能是第一名，一定要第一名。最后考出来，果然就是第一名。

开音忽然意识到小元的手，那样暖和、大、不由分说。

开音于是就信了。她小心地收起那枚即将在地图上远走高飞的小燕子。

4.伊老师与开音父亲，却是有些不大信。

伊老师呢，从他一贯的角度，喜欢中庸、喜欢顺其自然，现在小元这样拼了命地、想方设法地进取，他总觉得味道不对了，结果恐怕不会太如意。他试着跟小元说过，小元似是若有所思，想了一想，最终还是说：现在不是从前，不好再安贫乐道的。该主动的还是要主动。主动，是这个时代的通行证。

开音父亲，倒没想那么多，他只在意女儿的神情。

这些天，开音一直在用功，早呀晚地琢磨小元的那些故事，在纸上没完没了地画画写写，眼见着她下巴就一天天尖了，衣服一天天肥了。这倒也罢了，做父亲的，还体察到另一种东西：开音这样，好像并不完全是为了剪纸本身，还有别的，是某种幻想与焦灼……这让开音父亲搞不懂了，还有些怕了，真的是怕，不知道后面会怎么样了。

但两个父亲之间，却又互相隐瞒着真实的想法。见了面，两个人只挑些轻松的话来说，或者找不相干的事来说。比如，说说大元。

的确，这个大元，是值得说一说了。他最近很怪，整个人，变得像个不正常的温度计了。

对待所有的人，对小元、父亲，包括开音，不仅是话少，脸上也很淡了，好像是在寒冬，水银线总在零度那儿温暾着；但对待所有的畜生、家什、作物、田地等那一切非人的东西，咦，他热心极了，亲近极了，好比是夏天里的一把火。

比如说，好好的一家人坐在院子里吃东西吧，大家都谈天说地的，他却一言不发，把头伸到桌子下，扒拉着碗里的饭菜，挑出五花肉来伺候只黑狗。外面下秋霜了，别人乐得在被窝里多蜷一会儿，他却一下子想起，门口的铁锹和铲子、院里的箩筐忘了收了，心疼得穿着单衣就跳出去，抱回家来又是擦又是抖，没有必要地呵护备至。地里收获了，沾满泥土的土豆或花生，不论丰寡，他都感恩戴德似的，捧在手上左瞧右看，恨不得放到怀里捂一捂才好……

类似的怪现象多得很，两个老人看在眼里，惑在心里，大元，真是搞颠倒了吧，怎么跟"东西"春风扑面、跟"人"却秋风扫叶了，他哪里不得劲了？

伊老师、开音父亲两个人像推手般地聊着大元，回避，装傻，完全不解儿女情长似的。 其实，唉，谁不知道是因为什么呢。 但他们两个老的，又能怎么样。

5.大元所颠倒的，不仅仅是他的冷热，还有他的白天黑夜。

大元最近总有种错觉：现在的白天，好像不是他的了，走到哪里，都像在黑里头。

显然，这跟笛子有关系，笛子，跟她有关，而她，又跟小元有关——小元来了，她便满了；小元走了，她便又空了。 或空或满，与外面的世界毫不搭界。 这可就苦了大元，他总也挑不着合适的时辰给她吹笛子，她呢，竟也似忘了，不追问不渴想。 既是这样，大元只得算了，虽然每到清晨与暮里，每到从前给开音吹笛子的时间，腰里的竹笛都像蛇要出洞似的，扭来扭去，滑手得很。

就算到外面去吹那些婚庆丧事——考虑到价钱之故，有些平常人家，不再请开音剪纸了——他也会同样的孤单，站在贴着别人剪纸的窗下吹笛，喜事他也觉得寒凉了；好似在做一个梦，梦里失去了被子，浑身发冷，没个抓落。 然而，这倒治好了他让媳妇婶子们失笑的毛病，现在，他的眼睑终于老熟了，不再会当众淌泪。

但到了晚上，万生万物都开始在黑里头吐故纳新了，大元倒似迎来了他的白天，炯炯有神了。

　　小元的床就在他附近，两张床挨着，像路在拐弯处交会。小元入睡前，会跟大元随便扯两句，当然不是扯开音，是扯他在北京上学时的好玩事情，大元只管讷讷地听，接不上话。扯着扯着，小元就没声音了，呼吸里开始有了热乎乎的放松与舒坦：他睡着了。

　　小元那里刚一睡着，大元这里倒千言万语地沸腾起来，如滚开的水，他突然想跟小元好好说一说开音了，捅破了纸来说，打开了窗户来说，真的，恨不得把小元给推醒了说才好。可小元在梦里一翻身，大元又吓住了，吓得人都僵在被窝里不敢动，一边骂自己：昏头了，怎么能跟小元说起开音呢！这是不该说的事情，不必说的事情，不好说的事情。真是昏头了。

　　骂了自己几句，他终于还是爬起来，猿猴一样轻捷，往漆麻麻的黑里走，准确地一直走到开音的窗下，远远地看，那里同样是黑洞洞模糊一片，但他知道，他眼睛所对着的，就是开音的北窗，他能听得见开音的睡眠呢，那柔和而深沉的呼吸，她没准就是在梦里听他没有吹出来的笛声吧。

　　有了这么一个黑乎乎的片段、黑乎乎的想象，大元感到满意而平静，对人世情缘的热切与期盼，又完全回来了——从前的那个开音，好好的，还在。

八

1.开音的剪纸样要价高了，不是一般的高，是别人的三倍呢，这种消息，传播得比想象中要快得多。 开音父亲感到十分抬不起头，肯定地，大家一定以为他这个老东西是钻到钱眼里了，是在准备棺材钱了，女儿不过上了一次电视，就不知道太阳从哪边出来了。 到外面办事，他走路总勾着头，像在地上找东西，又恨不得头顶里能多出一只眼睛，看看别人到底用什么眼神看自己。

大家瞧出开音父亲的不自在了，有事没事倒先找他说话，然后婉转地绕到开音身上，替他打圆场。"我们都是看着开音长大的，她现在出息了，我们比你还高兴呢。 没什么的，应该。 一分价钱一分货。"

哎哟。 哎哟。 开音父亲支吾着，差点要哭出来了。 这是怎么做人的，一大把年纪了！

而那些媳妇婶子的，也慢慢知道，现在到开音那里，不好再跟从前一样地随便讨花样了，就是跟开音说说剪纸、问点什么，也是不应当的。 事情有点怪怪的，她们不大能够理解，但她们是自知的，头发长见识短，不懂，就要听着，不能破了规矩。 这些规矩，是北京的大学生小元定的，能错得了吗？

大家都在退让着、听话着，一齐憋住气、一齐在等待。

现在的开音，就好比是走到了一条大路上，他们只能看到她的背影，好在，这背影还是属于他们的，只要她能走得更远，他们会用目光好好护佑着她的。

到目前看起来，事情都如小元所计划的那样，一步都没出错，不仅没出错，还出彩了。出彩的是开音的剪纸。

有一天，开音突然拽拽小元的袖子，小时候就这样，当她急着想跟小元说个什么、问个什么，就会忘了羞涩，上去主动扯他的袖子。小元跟着她来到北窗下——

开音捧出几沓来，那正是小元所讲戏曲故事里的几个小片段。每个故事，开音剪成了三幅连环画，为什么不是常见的四幅一连环？小元先不发问，但看剪纸。

开音果真用上了功夫了。这几组，阴刻、阳刻互为里表，最起码套了三层：人形与衣衫，是阳刻；手中器具与头面饰物，是阴刻；脸上五官与表情，则是阴阳相间。怒者毛发须张，根根可辨；悲者泪飞如雨，滴滴可数。《三岔口》夜打一幕，团团漆黑中，敌我唯见眼白齿白、刀剑寒光。《萧何月下追韩信》，韩信立于寒溪岸边，河水暴涨，如命运之手，欲渡无门；萧何光脚倾身于快马之上，不知靴子已坠入草丛……

这还不够，却见开音又拿出几张更大的剪纸来，其一：是朵梅花，有六个空心的大花瓣；其二：是六面的寿字勾边灯笼纸；其三：是六只首尾相连的大鹏南飞图，空白的翅膀没有饰物。

开音把三幅一套的剪纸虚实相间地分别贴到花瓣、灯笼、鸟翅上——花朵旋转，灯笼走动，巨鸟展翅，那故事便流水般地，首尾相连、你问我答了。怪不得她要剪成三幅！

小元真看得要跌坐到地上了，心潮澎湃、情不自禁之下，他一把高高抱起开音，抱到离地了，一直抱到院子里，用失了火般的嗓门高喊正在闲谈的伊老师与开音父亲："快来，快来看呀！"

开音的腿慌得在半空中乱踢，巨大的幸福像棉花一样把姑娘托起来。小元怀中所抱的，或许只是那几套精妙的剪纸，但开音感到，他抱的，已是她的整个将来了。

2.只可惜，小元一个月的假期要结束了，他得离开东坝了。

走的前一个晚上，小元在散步时来跟开音告别。路上，他回想起来，两年前的假期里，同样的散步途中，他曾经多么惆怅多么苦涩，为着东坝的寂寞与荒凉。现在看来，那时是太悲观了。相信吧，一切会更好的，瞧瞧，事情已经进入轨道，唯一的惦念只是：这一步棋，能不能像他所期望的，走得再远一些，让开音的命运、让整个小镇都为之改变……

正是在这样昂扬的情绪之下，他来到开音面前。可怜的少女，正被不可告人的离情别绪所扰，她小心掩饰，却还是捉襟见肘，破绽百出。给小元倒水，水洒了；给小元搬凳子，绊住脚了。

小元注意到开音的差错，他能够体谅：他这一走，很多事情，得完全靠她自己了。

小元拉起开音的手，像兄长那样——这是小元给自己的定位——他真想把他所有的大想法与大计划全部传递给她，这青梅竹马的好姑娘，他但愿她会迎来更加热闹更加亮晶晶的日子。

但是，唉，同一只手，就像同一句话、同一个眼神，所传递的哪里就会是同一个意思呢。最起码，开音得了另外的意思，手那么被人家一拉，她不得不抬起眼来，生生地盯着小元了！

这一盯，开音就散了，再也绷不住了，撑不起了！眼前的这个好人儿，他都这样帮自己了，都抱过自己了，现在又拉着自己的手了，而他明天都要走了，还在等什么，一等可能就没了！开音勇敢起来，膨胀起来，她决定全都撂下了！

开音突然踮起脚，贴近小元，把她花瓣一样的唇送上去了。

北窗的纸棂，也像被开音的剪刀吻过似的，有了一个最动人的阳刻双人侧影。

而大元的笛子，就是这个时候响起来的。吹得慢慢的，凉凉的，在夜色里一层层漫开，像有人用手在一把把地揉五脏六腑，说不出的紧。

小元与开音，听见没有？不知道。但地里的花生听见了，伤心起来；路边的槐树也听见了，伤心起来；水井边的石碾听了，也伤心起来。它们的泪，成了露珠，小而弱，一颗颗挂着。

本来，这个晚上，大元是出来找小元说话的。大元想了好多天，直到最后一天，没有退路了，他逼着自己拿下主意：一定要跟小元好好说说。这颗心，都快没指望了，都快干渴死了，掏给开音不合适，掏给小元、让亲兄弟给看看还不行吗？小元那次喝酒时不也说过——他们兄弟两个人的将来，都会过得很好！大元就是想问问，到底，会怎么个好法呢？

大元一路上闷头闷脑地想，一直走到开音的窗下，倒恰好找到小元了，他在北窗棂上的剪影里呢。

这下罢了，倒也不要问了。大元看了看那窗户，跟小时候一样，他把这枚独一无二的剪纸小心地收起来了，像收起他被一刀剪碎的心。

3.人们到伊老师家给小元送行，才发现，大元走了。

他甚至走在小元之前，床上整整齐齐，一样没少。他平常做活的农具，全都擦得亮亮的，士兵似的，沿墙根排成送行的队伍。那些箩筐，空的就相互叠了，满的，就盖上了。临走前的长夜里，大元好像把每个角落都仔细地抚摸了一遍，最后，才提起他的笛子，走了。

哎哟，所有得到消息的人都开始心疼起来，像心疼自己家的儿子，那么个大元，那样憨那样老实的，真要出去了，他准会吃大亏的。 这是干什么？ 有什么事情过不去呢？

不知为什么，大家都扭了头看小元，这一看，又注意到小元的脸色也很糟糕，明显的睡眠差了，有很重的心事似的，脚底下全是踌躇。

但能怎么样呢，车票早打好了，大城市里的工作在等着，要走就是要走的。 小元看看自己的父亲，又看看开音的父亲，后两者显然不清楚事情的细微纠缠，他们只在努力地笑，希望小元可以轻松地离开，留下来的事情，慢慢再说。

是啊，慢慢再说。

小元最后往开音家的方向看了看，父亲叫他去跟开音打个招呼，他摇头，只用眼睛一遍两遍三遍地回看。

那里，是发生过一个亲吻的地方，是他仓促逃离的地方，是他没有留下明确答案的地方。

小元是个好学生，他一向相信：人这一辈子，总会碰到各种问题，但只要是问题，必定会有答案、有个最佳答案。可昨晚，他的哲学瘫痪了，他的智性失灵了。 面对开音，小元恍然大悟：他此次返乡的一切作为，完全地误导她了。 她对他，虽然一直那样齐心协力、努力配合，但根本就是不同的出发点、不同的目的地。

怎么办呢？ 自己必定是要空负的，他跟开音，不可能是一条路上走到黑的亲人。 小元轻轻推开软绵绵的开音，唇上一片酥麻，他什么话都说不出来了——第一次，他向自己认输，向生命中的难题投降。 漫长的一秒钟之后，小元转个身，落荒而逃。

黑夜的疾走之中，想到开音，想到她一个人被他丢在屋里，小元忽然感到满腹委屈，感到大事不好，感到提前到来的绝望。管不了新换的衬衣，他突然扑倒在地上，把四肢紧紧贴到冰冷的泥土上，听任热乎乎的泪水像孩子那样滚落。对小镇故土与人物的热爱，像一团微暗的火，如此灼人，又如此脆弱，他真的难以承受了。

小元想：以后，会很少回来了。

九

1.现在的镇子，是没有大元也没有小元的镇子了。从前，那样满，两个人来来往往，分别晃来晃去，而今呢，完全就是渺无人烟、寸草不生了。这叫开音怎么办呢？

没有人敢问她这个问题，也没有人跟她谈这个事情。唉，反正说到底，她是个不会说话的。

但谁说她真的不会说？开音现在倒会说话了，说得可多可好了。

白天，她跟剪刀说，跟纸说，跟北窗户说。晚上，跟灯说，跟帐子说，跟漆麻麻的夜说。

下雨天，她跟屋檐说，跟小水坑说。黄昏时，她坐到大元堆的柴垛下，跟麦秆说，跟小虫子说。

哎呀，那个话呀，是炽热的喷泉吧，是冰凉的火山吧，说得精卫填海，杜鹃啼血，全世界没有谁能听得懂，也没有谁能拦得住……倒全都变成她手里的纸花了！ 常常地，跟剪刀与纸一整夜说下来，大概是太过忘情，竟把剪刀给粘到她右手上了，要取下剪刀，得用左手去抠了，一抠，拇指与食指上的皮都被带下来了，血丝像眼泪那样慢慢渗出，滴到听了一夜话的红纸上，滴到那些刚刚剪出来的花样上，如盐入水，竟看不出了。

这么着，她的那些剪纸呀，如百草发芽，如寒雪普降，铺天盖地。 桌上椅上，甚或床上与地上，散漫在那里，等着落灰，等着掉色，等着被人瞧或是没人看。 旧的还在，新的再来，总之开音总一直在剪的，好像那已是她在这个世界上唯一的出路，有了那个出路，便可忘忧忘情，便可飞离尘世，直抵天堂。

开音父亲吓得人都缩了一圈，不敢跟外人说，只悄悄拉了伊老师来。

漫漫长夜，两个父亲就坐在灯下，分析目前的情况。 唉，这算是哪一出呢！ 这回，他们不打太极，是完全地坦诚相见了。 把形势来来回回地分析，可再怎么开膛破肚、赤胆红心，也是没用的！ 事情就这么简单，就这么绝望，谁都明白，可谁都解决不了。

开音这算是什么？ 可怎么弄呢？

2.可这个世界呀，是给人们过日子、往前走的，决不能把谁给搁下了、给堵住了、过不去的。 从生下来起，你所走的每一步，都是铺垫、伏笔，都是气数。 开音的出路，远在天边，近在眼前，顺着拐弯，说来也就来了。

开音上电视后的效应，半个月之后，像水波一样，在外面被一圈圈放大了。 更多更大的媒体开始注意到她，甚至还有外国人，凹眼凸鼻的都来了——这些人，更稀奇呢，看到手工的东西就完全痴住了、掉进去了。 东坝仅有的几条街道、开音家的三间屋子，屋子里的那扇北窗，北窗下的小桌子，桌子上的剪刀与蜡盘，被无数个镜头推拉摇移地反复拍摄，都开始麻木和迟钝了。

更何况，瞧瞧开音的剪纸！ 比之从前，如凤凰浴火，又有了大不同——这般凄切而繁华，这般悲极反喜——真不知，似乎仅仅是一夜之隔，她何以竟会体恤至此、哀悯至此！

她剪出幅大慈大悲图，宛若她的生世，用了从未有过的黑红配：红的这一半，一个矮小的产婆正捧出个肥胖的婴儿，四周凤蝶翻飞、石榴吐籽，皆在欢庆新生的降临，唯有婴儿肚脐上一根长长的带子连到黑的那一半，一直连到产妇的胯下，变成了不祥的黑色，黑色血泊之中的女人，宛若身陷乌云，她两手前伸，双腿弯曲，像病鸟那样挣扎着尝试人间的最后一次飞翔。

她剪出幅老人做棺图。 这是乡间的生死欢娱了，用了五层的套彩法，除了当中一个宽头窄尾的棺材是油亮可鉴的玄色之外，四周的寿衣寿鞋、金元宝、银锭子、铜钱串、五谷种、小纸人儿，皆是五颜六色，一派喜气洋洋。立在一侧的老人红光满面，视死去如归程，正心满意足地验看他一条五花纹的宽腰带。

她剪出张男子吹笛图。图中大雾弥漫，若隐若现中，桃花柳叶，万物生长。那吹笛男子只露出半个侧影，一只黑眼，似闭似睁，却挂有清泪一行，滴滴似金。

她剪出嵌有五彩大字的团圆图，那些字，有些她认识，有些不认识，大大小小，紧挨着互相取暖，字与词，串联成一个没人能看懂的故事。

她剪出张东坝地理图，沟、田、人家、牛棚，纵横交错，历历可辨，如腾空一跃，飞到半空，深情地俯瞰这片贫瘠的大地。

她剪出陪伴自己多年的北窗户，白雪覆盖窗棂，灯火微弱摇晃。

她剪出姑娘的掌纹，如纤弱的来路，如渺茫的去程。

是啊，开音她从来都没说过只言片语，可但凡看到的人，均似听到了千言万语，莫不如痴如醉，好像在跟着开音，跌跌撞撞地把她从前所有的日子重新过了一遍，她所喜欢的、她所难过的、她舍弃掉的、她梦想着的。

所有的观者都完全地迷醉倒了，醒不过来了：寂寞缓慢的小镇、低眉垂目的哑女、欲言又止的心事、伤花怒放的剪纸。这都是些什么啊，有这么温柔的坚硬吗？有这么伤心的欢喜吗？ 每个人都像中了子弹似的，一下子给打中心中最碰不得的那个角落。

"上面"的有关部门看出时势，大喜过望，一时集体兴奋，带着与大都市接轨的气魄，很多时兴的词语被写到计划与报告中：越是民族的就越是世界的。 要注册剪纸商标，要成立剪纸艺术公司，要包装与策划，要搞文化产业，要走向国际舞台……有人给开音建了网站，有人专门教她正规的手语，到电视台做访谈，与领导合影，上台领奖，举办剪纸展……阔气而俗气的事情一样接着一样。

搞大了，搞得不一般的大了。

更多更加离奇的消息，梦境般的，惊雷般的，纷至沓来。 说开音很快就要离开东坝了，要住到"上面"专门替她弄的"工作室"里了；并且，这"工作室"也只是过渡，她最终是要到省城的、到京城的；将来，作为"民间艺术家"，那外国她都是要常去常往的；听说，某个国家有个残障人艺术基金会，已经向她发出访问交流的邀请……

开音的日子，像张白宣纸似的，一下子给挥毫泼墨、给五彩斑斓了，宣纸都给洇得要破了，谁都看得惊心动魄。 这命运啊，排山倒海，淹土漫田，谁挡都挡不住了。

东坝人半张着嘴，倒抽着气，结结巴巴着，道听途说着，现在，他们真是连开音的背影也快瞧不见了，他们疼惜开音，可也开通着呢、大方着呢，合着劲儿愿意她往前走，越远越好，总之，只要是有出息了，就是好事情；至于儿女情调、离愁别绪，那算什么，都要狠心地统统抛开……

但说到底，没人知道开音到底是怎么想的，她真愿意像小元或大元似的，离开这热乎乎的东坝，把那跟纸一样单薄的身子行到十万八千里的异地他乡去？有了这剪纸作为倚仗，她是否便已觉得人生圆满富足，不再寒凉？

还真不知道呢。开音从来不算个热络人儿，现在，又更加平淡了。一旦闲下来，没人处，手里倒会盘弄着只纸剪的小燕子，在一张旧地图上比画，一会儿南来，一会儿北往，不知要飞得多高多远。那张小小的脸，无悲无喜，无怯无惧，好像肚里另有乾坤、气象万千了——看上去，生分了，远了，远得让人想哭。

开音父亲就那样慢吞吞地淌起眼泪了。

他蹲在地上，想着各样纷乱的消息，一条条地咀嚼，可总也消化不了，脸色都蜡黄了。这些个，算好事不算？真要离开东坝，是顺遂了她还是耽搁了她？她真个的就此把大元与小元都化繁为简、化简为无了？她的一番大心思，能走到哪一天，又能走到多么远？

太宏大了，开音父亲想不过来。

伊老师就矮矮地坐在大元从前最喜欢坐的一只小板凳上，给他慢慢化解，零零碎碎地、勉强地自圆其说。总之一条，这开音啊，命里注定，她不是大元的，不是小元的，甚或也不是东坝的，她从生下来，就是个没声音的人儿，是个纸人儿，仙人儿，要飘走的人儿。

　　这天，伊老师还带来了大元一张明信片。　大元这孩子，善，他还是做不到彻底地消失，让别人担心。　他似乎是在哪里找了份工，留在那里了。　邮戳是外省的某个地方，非常模糊，伊老师用放大镜都没能看得清楚。"一切都很好，请放心。"他在明信片上用不漂亮的字体写着。　这真像他平常的言谈，能少一句是一句。

　　开音父亲把薄薄的明信片托在手上，像托着个沉甸甸的大盘子，盘子里空空荡荡——可真想念这个孩子呢。　他老泪横流，喉咙里一阵翻滚，偏要追个死理：你倒告诉我，他们这一个个的，什么时候才能回来？

　　伊老师以手作势，捏笔写字，试图说出句什么深明大义的辽阔预言，却始终，没有想出句合适的来。

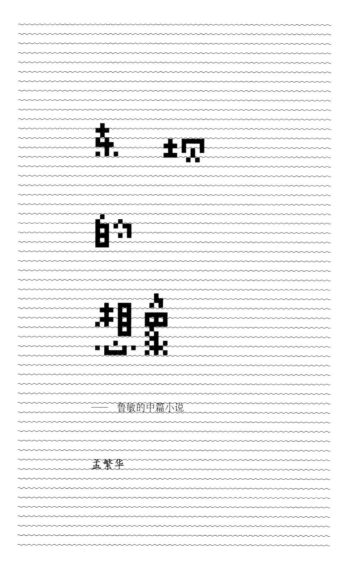

东坝的想象

——鲁敏的中篇小说

孟繁华

　　鲁敏是 70 后有代表性的作家之一。 近年来，鲁敏的小说产生了广泛的影响，特别是她的中、短篇小说。 鲁敏坚持要接近或靠近她希望得到和看到的东西。 她的小说，历史是一个隐约可见的线索或参照：它似乎不那么明确，但从来也不曾消失。 它像幽灵一样若隐若现又无处不在。 于是，历史对于鲁敏来说，因神秘而挥之不去，小心翼翼又兴致盎然。 而这一切，就发生在她虚构的东坝小镇上。

　　《思无邪》，几乎是一篇平静如水的小说，真正的人物只有兰小和来宝。 兰小是痴呆，来宝是聋哑。 聋哑照料痴呆，难以想象会发生什么故事。 但鲁敏在最细微的想象中，通过来宝的视觉和嗅觉，将一个人的友善无比生动地刻画出来。 超乎想象的是，即便是聋哑和痴呆，对人的自然生理要求仍能无师自通。 十七岁的来宝终于让三十七岁的兰小怀孕了。 突如其来的事件沉重地打击了兰小年迈的父母，但他们并没有指责来宝。 短暂的愁绪很快被喜悦替代，他们真心想成全两个不幸的人。 但一切未果，兰小已因大出血死去了。

值得注意的是，鲁敏在这个有些残酷的故事里，通过细节表达了来宝超越俗世的大爱。 即便是一个聋哑人，在他的情感世界里，仍然有挥之不去的寄托或归宿。 而那一切，与世俗世界的标准没有关系。

鲁敏的小说，是没有任何英雄气味的小说，她在平白如水的日常生活里，耐心地寻找着新的文学元素。 事实上，越是我们熟悉的生活越是具有挑战性，而最难构成小说的，恰恰是对生活的正面书写。 就像在戏剧舞台上，反面人物容易生动，正面人物更难塑造。 如果说，鲁敏前期小说穷追不舍地深究人性的"沉沦"，专注于人性的幽暗，接续的是启蒙主义和现代主义文学传统的话，那么，鲁敏"转型"之后，执意发掘人间的友善和暖意，承继的则是沈从文、孙犁、汪曾祺的文学传统。 人物的复杂性和丰富性为一种相对单一或单纯的倾向取代，这也许是一种局限，但这一局限同样放射着迷人的魅力。 特别是在恶贯满盈、欲望横流的文学人物无处不在的时代。 鲁敏的具有浓重浪漫主义特征的文学人物，就具有了文学史的意义：她重建了关于"底层生活"的知识和价值，提供了另外一种我们所没有的民间生活经验。 她对这种生活的体认，也从一个方面修正了当下"底层写作"苦难深重的"绝望文化"带来的极端化问题。 正是在这样的意义上，鲁敏成为当下文学的重要人物。

《逝者的恩泽》，是一篇构思缜密、想象奇崛、苦涩凄婉又情调浪漫的小说。 无论从它的趣味还是它的内在品格来说，在当下的中篇小说中它都可谓不可多得的上品。 小说可以概括为"两个半男人和三个女人的故事"。 那个不在场但又无处不在的"逝者"，是一个重要的人物，一切都因他而起；小镇上一个风流倜傥、有文化有教养的男人，被两个年龄不同的女性所喜爱，但良缘难结；一个八岁的男孩，"闻香识女人"，只因患有严重的眼疾。 女人一个是"逝者"陈寅冬的原配妻子红嫂，一个是他们的女儿青青，还有一个就是"逝者"的"二房"——新疆修路时的同居者古丽。 这些人物独特关系的构成，就足以使《逝者的恩泽》成为一篇险象环生、层峦叠嶂的作品。 值得注意的是，这些通俗文学常见的元素，在鲁敏这里并没有演绎为爱恨情仇的通俗小说。 恰恰相反，小说以完全合理、了无痕迹的方式表达了所有人的情与爱，表达了本应仇怨却超越了常规伦理的至善与大爱。红嫂对古丽的接纳，古丽对青青恋情的大度呵护与关爱，青青对小男孩达吾提的亲情，红嫂宁愿放弃自己乳腺疾病的治疗而坚持医治达吾提的眼疾，古丽原本知道陈寅冬给红嫂的汇款，但她从未提起等，使东坝这个虚构的小镇充满了人间的暖意和阳光。 在普通生活里，那些原本是孽债或仇怨的事物，在鲁敏这里以至善和宽容做了新的想象和处理。 普通人内心的高贵使腐朽化为神奇，我们就这样在唏嘘不已、感慨万端中经历了鲁敏的化险为夷、绝处逢生。 这种浪漫和凄婉的故事、这种理想主义的文学在当下的文学潮流中有如空谷足音，她受到普遍赞誉当之无愧。

《纸醉》的情节在年轻人的"心事"上展开，在没有碰撞中碰撞，在无声中潮起潮落。时有惊涛裂岸，时如微风拂柳。一家里的两兄弟同时爱上了一个女孩：对开音，大元的一曲笛声、小元的几个故事，都是项庄舞剑意在沛公。在寻常的日子里，笔底生出万丈波澜。最后，还是"现代"改变了淳朴、厚道、礼仪等乡村伦理，乡村中国的小情小景的美妙温馨，在大世界的巨变面前几乎不堪一击轰然倒塌。当然，鲁敏还不是一个纯粹的"乡村乌托邦"的守护者。她对乡村的至善至美还是有怀疑的，哑女开音的变化，使东坝的土地失去了最后的温柔和诗意。小叙事在大叙事面前一定溃不成军。就作品而言，我欣赏的还是鲁敏对细节的捕捉能力，一个动作或一个情境，人物的性格特征就勾勒出来。大元爱着开音，他的笛声是献给开音的，但是，大元总是"等开音低下头去剪纸了，他才悄悄地拿出笛子，又怕太近了扎着开音的耳朵，总站到离开音比较远的一个角落里，侧过身子，嘴唇噙住了，身子长长地吸一口气，鼓起来，再一点点慢慢瘪下去。吹得那个脆而软呀，七弯八转的，像不知哪儿来的春风在一阵一阵抚弄着柳絮。外面若有人经过，都要停下，失神地听上半晌"。小元也爱着开音，但他心性高远，志气磅礴，上了高中以后，"小元现在说话，学生腔重了，还有些县城的风味，比如，一句话的最后一个两个字，总是含糊着吞到肚子里去的，听上去有点懒洋洋的、意犹未尽的意思。并且，在一些长句子里，他会夹杂着几个陌生的词，是普通话，像一段布料上织着金线，特别引人注意。 总之，高中二年级的小元，他现在说话的气象，比之伊老师，真可谓青出于蓝而胜于蓝了，大家都喜欢听他说话，感到一种扑面而来的'知识'"。 这些生动的细节，显示了鲁敏对东坝生活和人物的熟悉，她的敏锐和洞察力令人叹为观止。

图书在版编目（CIP）数据

纸醉/鲁敏著；孟繁华主编. —郑州：河南文艺出版社，2018.3
（百年中篇小说名家经典／何向阳总主编）
ISBN 978-7-5559-0499-1

Ⅰ.①纸…　Ⅱ.①鲁…②孟…　　Ⅲ.①中篇小说–小说集–中国–
当代　Ⅳ.①I247.5

中国版本图书馆 CIP 数据核字（2017）第 263774 号

选题策划　陈　杰　杨彦玲
责任编辑　王甲克
书籍设计　刘运来
责任校对　陈　炜

出版发行　河南文艺出版社
本社地址　郑州市鑫苑路 18 号 11 栋
邮政编码　450011
售书热线　0371-65379196
承印单位　河南瑞之光印刷股份有限公司
经销单位　新华书店
开　　本　787 毫米×1092 毫米　1/32
印　　张　7
字　　数　114 000
版　　次　2018 年 3 月第 1 版
印　　次　2018 年 3 月第 1 次印刷
定　　价　23.00 元

印厂地址　河南省武陟县产业集聚区东区（詹店镇）泰安路
邮政编码　454950　　电话 0391-2527860